아가미에 손을 넣으면

김나은　　박선혜　　은숲　　김해늘

아가미에

손을 넣으면

제11회 한낙원과학소설상 작품집

사계절

기획의 말

　벌써 11회입니다. 열한 번째를 맞은 한낙원과학소설상 작품집이 출간되는 모습을 보고 있으니 감개무량합니다. 과학소설의 독자로 그리고 작가로 오랜 시간을 보냈지만, 우리나라에서 10년 이상 유지되는 과학소설 관련 상을 찾기는 어렵습니다. 하물며 청소년 대상의 과학소설을 꾸준히 찾고 지원하는 곳은 더욱 흔치 않습니다.
　한낙원과학소설상의 의미는 그래서 더 큽니다. 해방 직후인 1950년대부터 우리나라 어린이청소년 과학소설을 개척한 작가 한낙원 선생님은 일찍이 과학소설이 어린이와 청소년에게 전해지는 일의 중요성을 깨달았습니다. 이런 한낙원 선생님의 뜻을 기려 2014년에 열린 한낙원과학소설상이 지금까지 꾸준히 이어지고 있다는 건 참으로 다행한 일입니다.
　한때 우리나라에 만연했던 이공계 기피 풍조가 무색하게

지금은 이공계의 중요성과 그에 대한 관심이 그 어느 때보다도 커진 상황입니다. 인류, 아니 지구의 모든 생명체가 기후 위기로 생존을 위협받고 있으며, 전 세계적인 인공 지능 열풍은 학습, 업무, 과학 연구 등 우리 생활의 수많은 영역을 바꾸어 놓고 있습니다. 이런 위기와 변화는 모두 인류의 과학 기술로 인한 것입니다. 좋든 싫든 과학 기술을 외면하고서는 미래에 대비할 수 없는 노릇이지요.

80억 인류가 어느 순간부터 다 함께 원시 시대로 돌아가기로 하지 않는 이상, 과학 기술을 배제한 채로 기후 위기를 해결할 수 없습니다. 과학 기술로 우리의 생활 수준을 높인 데 대한 대가로 일어난 일이지만, 어쩔 수 없이 그것을 해결하는 데에는 다시 과학 기술을 이용할 수밖에 없습니다. 사태가 이 지경이 되기까지 우리가 무슨 잘못을 저질렀는지에 대한 성찰도 당연히 필요하겠지요.

인공 지능처럼 미래의 삶을 바꾸어 놓을 과학 기술도 마찬가지입니다. 단순히 눈앞에 좋고 새로워 보이는 것이 있다는 이유만으로 덮어놓고 손을 뻗을 수는 없습니다. 과학 기술을 발전시키는 동시에 기술이 가져올 사회의 변화를 예측하고 혹시 생길 수 있는 문제에 대비해야 합니다. 인공 지능처럼 파급력이 강할 것으로 보이는 기술이라면 더욱 그렇습니다.

 우리 사회에 필요한 이런 과학·기술적 성찰은 과학과 공학 연구와는 또 다릅니다. 자연법칙이나 공학 원리뿐만 아니라 인문·사회적 사고 역시 필요하기 때문입니다. 결국 과학은 물론 인간에 대해 이해해야 한다는 건데요. 얼핏 들으면 굉장히 어려워 보이지만 사실 과학소설이 주로 다루는 주제입니다. 그저 재미있는 이야기로만 보이는 과학소설도 자세히 들여다보면 이런 주제에 대한 성찰을 담고 있는 경우가 많습니다.

 과학소설을 읽으면서 우리는 자연스럽게 이런 사고방식을 습득할 수 있습니다. 게다가 재미도 있잖아요? 어찌어찌 해야 한다고 일방적으로 가르치는 게 아니라 재미있는 이야기를 읽으면서 스스로 생각하게 되니 매우 바람직하다고 할 수 있습니다.

 특히 어린 시절부터 과학소설을 읽으며 자란다면, 더욱 유연한 사고를 할 수 있는 능력을 얻게 될 겁니다. 과학소설을 통해 우리는 우리가 결코 살아 볼 수 없는 세상을 경험할 수 있습니다. 이를 통해 여러 가지 미래의 가능성을 탐구해 볼 수 있지요. 또, 우리가 현실에서는 결코 만날 수 없는 존재를 알게 될 수도 있습니다. 이런 체험은 다른 사람, 지구의 다른 생명체와의 관계를 더욱 풍성하게 만들 수 있습니다.

하나뿐인 지구와 인류의 역사를 가지고 실험하는 건 무모한 짓입니다. 이미 기성세대는 돌이키기 어려운 잘못을 저질렀습니다. 아무리 속죄해도 충분하지 않습니다. 당장 눈앞에 있는 문제를 해결하기 위해 당연히 노력해야겠지만, 다음 세대인 어린이, 청소년에게 더 넓고 유연한 사고를 제공하는 일도 중요합니다.

이 작품집에 실린 신진 작가들의 작품이 바로 그런 역할을 합니다. 이런 다양한 이야기를 통해 우리는 다른 존재와 어우러져 살 수 있는 세상을 그리고, 미래의 가능성을 탐구합니다. 그 결과 하나뿐인 이 세상이 좀 더 올바른 방향으로 움직이도록 이끌 수 있습니다. 지난 10여 년의 여정이 여기에 도움이 되었으리라 확신하며, 꾸준한 후원을 아끼지 않으신 한낙원 선생님의 유족과 사계절출판사, 『어린이와 문학』에게 감사의 뜻을 전합니다.

고호관

(SF문학 작가, 제11회 한낙원과학소설상 심사위원)

	기획의 말		4
제11회 한낙원과학소설상 대상 수상작	아가미에 손을 넣으면	김나은	11
수상 작가 신작	나란한 두 그림자	김나은	35
우수상 수상작	몽유	박선혜	61
우수상 수상작	고백 시나리오	은숲	91
우수상 수상작	플루토	김해낭	123
	작품 해설		149

제11회 한낙원과학소설상 수상작

아가미에 손을 넣으면

김나흠

지금 나는 유나를 위해 특별 설계된 공간에서, 물이 채워진 우주복을 입고 이 애의 생김새를 알아보려 애쓰고 있다. 유나는 물속에서 혼자 호흡하는 능력이 없어서, 나를 만나러 바다에 잠수할 때는 늘 수중 우주복을 입었다. 수중 우주복은 머리 부분이 강화 유리로 만들어져 진주처럼 단단하고 둥글었다. 그러나 실제 유나의 얼굴은 울퉁불퉁했다. 중앙에는 작은 산처럼 피부가 솟아 있었고 양옆으로는 부드러운 털이 달린 눈이 있었다. 나는 중앙의 산을 꼬집으며 이게 뭐냐고 물었다. 유나는 웃으며 이것은 코이고, 이 코가 바로 자신의 아가미라고 설명했다.

"나는 코로 숨을 쉬어. 네가 목덜미의 아가미로 숨을 쉬듯이."

유나가 말했다. 나는 조금 더 코를 만져 보았다. 내 목덜미의 아가미구멍보다는 작지만, 동그란 두 개의 구멍이 유나의 코에도 존재했다. 그 좁은 구멍으로 손을 넣으려 하자 유나가 몸을 돌리며 하지 말라고 소리쳤다.

"왜?"

나는 어리둥절해 물었다.

"지구에서는 사람들의 코, 그러니까 아가미에 손을 넣지 않아. 굉장히 무례한 짓이거든."

나는 깜짝 놀라 손을 뒤로 물렸다. 내가 사는 행성, 케토라에서는 서로의 아가미에 손을 넣으며 호흡을 느끼는 게 자연스러운 애정 표현이었다. 내가 미안하다고 사과하자 유나는 자신이 이 행성에 불시착했을 때만큼 무례하지는 않았다며 웃었다. 나는 낮은 탄성과 함께 그때를 떠올리곤 유나를 따라 킥킥 웃었다.

유나가 케토라에 불시착한 것은, 우리 기준으로 ―지구인 기준으로는 1년 6개월이라고 유나는 말했다― 3년 전의 일이었다. 우주선이 바다에 떨어지던 순간, 행성 전체를 울리던 굉음을 나는 아직도 잊을 수 없다. 처음에 사람들은 유나의 우주선을 그저 유성이라고 생각했다. 케토라는 주변을 둘러싼 위성과 소행성이 열 개가 넘어서, 종종 회전 속도가 빠른 위성에 휩쓸린 우주 먼지들이 단단하게 뭉쳐져 케토라에 떨어지는 경우가 많았기 때문이었다. 하지만 이 정도로 거대한 유성은 처음이었다. 과학자들은 즉시 최첨단 과학 장비를 동원해 유성에 음파와 전기 신호를 쏘아 보냈다. 유성에서 유나가 나타난 건 그로부터 일주일이 지난 후였다.

유나와의 소통은 쉽지 않았다. 행성의 100%가 물인 케토라에서 살아가는 우리와 달리 유나의 행성, 지구는 바다가 약 70%고 나머지는 땅으로 이루어져 있었다. 육지라 불리는 그곳에는 산소와 다른 기체가 혼합된 공기가 존재하고, 지구인은 그 공기를 이용해 숨을 쉬고 그 파동으로 타인과 소통했다. 즉, 유나에게 우리의 소리는 초음파였다. 그렇게 음파 번역기를 만드는 데 한 달, 유나가 번역기에 적응한 뒤 우리와 소통하기까지 석 달이 걸렸다. 그렇게 우리는 넉 달이 지난 뒤에야 유나가 태양계의 지구에서 왔으며, 다른 행성으로 이동 중 폭발 사고로 긴급 탈출했다가 케토라까지 오게 되었다는 것을 알았다.

당시에는 내가 유나를 만날 수 있을 거라고는 상상도 하지 못했다. 당연했다. 나는 그저 케토라를 떠돌아다니며 자연의 소리를 수집하고 공부하는 성장기의 케토라인일 뿐이니까. 나는 생식 능력이 막 발달하기 시작했고 아직 시각 퇴화도 진행되지 않았다. 소통 능력은 케토라의 생물이 쏘아

대는 수많은 전기 신호 중 의미 있는 것을 분별하고 기록할 수 있을 정도. 하지만 오히려 그랬기 때문에 나는 유나를 만날 수 있었다. 유나가 나와 마찬가지로 성장기의 지구인이고, 내가 유나를 볼 수 있었기 때문이다. 케토라인은 나이가 들수록 감각 기관이 퇴화하기 때문에 유나 같은 지구인과 소통하려면 지구인의 시각적 소통 방식을 예민하게 포착할 수 있는 어린 케토라인이 필요했다. 그리고 나는 우연히 연구소 근처에 머물고 있던 성장기의 케토라인이었다.

유나와의 기억 중 잊을 수 없는 가장 강렬한 기억은 그 애를 처음 만난 날일 것이다. 음파 반사를 통해 인식한 그 애의 몸은, 케토라인과 비슷하면서도 달랐다. 폐를 제외한 다른 장기들을 지느러미에 달고 다니고, 빠른 생식을 위해 성기와 포궁이 노출된 케토라인과 달리 유나의 몸은 꽁꽁 숨겨져 있었다. 장기와 성기, 포궁이 모두 몸 안에 있고 생식 또한 몸 안에서 이루어진다니 믿을 수 없었다. 나는 조금 떨어진 채로 미친 듯이 음파를 쏘아 대며 그 애를 인식하려 애썼다. 유나 역시 자신의 방식으로 나를 인식하려고 했다. 바로 자신의 손으로 내 손을 잡은 것이다.

우리는 동시에 탄성을 터뜨렸다.

유나의 손은 내가 만져 본 것 중에 가장 신기했다. 분명 손인데, 다섯 개로 가닥가닥 구분되어 있고 그 가닥들이 자유롭게 움직였다. 두툼한 수중 우주복을 입고 있었지만 그 가닥들은 마치 살아 있는 것처럼 생동감 넘치게 물속을 휘젓고 다녔고, 그걸 만지는 일은 가슴 떨릴 만큼 짜릿했다. 어떻게 이럴 수 있지? 내가 놀라워하는 것처럼 유나도 신기해하며 내 손을 구석구석 만져 보았다. 유나도 자신의 언어로 끊임없이 감탄을 쏟아 냈다.

그 언어의 파동과 손의 움직임, 촉감, 그로 인해 내 안에서 벌어지는 모든 감각의 경험들. 모든 것이 경이로웠다. 나도 모르게 중얼거렸다.

"아름다워."

나는 깜짝 놀랐다. 생전 처음 만난 외계인에게 아름답다니. 하지만 정말 아름다웠다. 오히려 말하고 나니 내가 지금 경험하고 있는 일이 무척 아름답다는 게 확실해졌다. 그러나 나는 그 감정을 애써 꾹꾹 참았다. 정확한 이유는 알 수 없지만, 말미잘에게 쏘였을 때 재빨리 몸을 돌리는 것처럼, 나는 유나에게서 멀어졌다. 나는 유나가 아직 소통에 익숙하지 않다는 사실에 안도하며, 열심히 음파 반사를 통해 그 애의 움직임을 관찰했다.

그날 이후 나와 유나의 만남은 일주일에 한 번씩, 꾸준히 이어졌다. 우리의 만남은 철저히 연구 목적으로 이루어졌으나 만나는 기간이 길어질수록 우리는 가까워졌다. 유나는 나와 마찬가지로 모든 장기가 밖으로 드러난 내 몸을 궁금해했다. 유나가 내 손을 처음 잡았던 그날부터 우리는 조금씩 손바닥을 맞대고 각자의 피부와 생김새를 살폈다. 나는 멀리서도 음파를 통해 몸의 굴곡과 생김새, 어떤 행동을 하고 있는지 알 수 있었지만 유나는 가까이 다가와 나를 직접 보고 만져 봐야만 이야기를 나눌 수 있었다. 그때마다 나는 가만히 서서 유나가 손으로 나를 인식하는 걸 마칠 때까지 기다렸다.

이제껏 바다를 유영하며 살아왔기에, 누군가를 위해 한자리에 오래 가만히 서 있는 일은 무척 낯설었다. 유나를 만나고 연구소로 돌아오면 나는 그날 유나의 손이 닿았던 부분에 조심히 손을 올려 보았다. 유나의 것보다 조금 더 차갑고, 매끄럽고, 얇은 막과 갈퀴가 있는 몸. 그 부위를 만지다 보면 유나와 음파로 소통했던 것보다 더 많은 대화를 나눈 듯한 기분이 들었다.

오래오래 내 몸을 들여다보는 날이 많아지자 나는 원만하지 않은 번역기를 핑계로 유나와 가까이서 소통해야만 한다고 고집했다. 입구에 앉아 음파로 대화만 하는 게 아니라 유나 곁에 나란히 앉아 얼굴을 보고 싶었다. 그렇게 내 손바닥 정도의 거리를 두고 얼굴을 마주 보며 고개를 젓거나 손등 위로 손바닥을 올렸다. 뺨을 만지고 있을 때는 남들이 모르는 우리만의 이야기를 하고 있다는 짜릿함이 일었다. 그중에서도 나는 헤어지는 순간을 기다렸다. 유나가 먼저 내 아가미에 손을 넣으며 나를 배웅하면, 그다음 내가 유나의 다섯 가닥을 꼬옥 잡는 그 순간을. 우리가 친구가 되었다고 유나가 말했을 때 귀가 뜨거워질 정도로 가슴이 쿵쾅거린 건 그래서였을 것이었다.

친구라는 단어는 유나가 가르쳐 주었다. 친구란 서로 가까이 지내면서 자주 교류하는 사이를 말한다고 했다.

"그럼 친구끼리는 뭘 해? 아이를 만들어?"

내 질문에 유나는 한참 대답하지 않았다. 기다림을 참지 못한 내가 그 애를 톡톡 건드리자 그제야 유나가 말했다.

"친구끼리는 아이를 만들지 않아. 같이 놀지."

"그럼 과학자들이랑 비슷한 건가?"

"그거랑은 다를걸."

어려웠다. 케토라인은 생식을 마치면 포궁을 떼어 내 바위에 붙인 뒤 다른 곳으로 떠난다. 그렇게 포궁에서 두 달을 성장하여 태어난 개체는 자신이 태어난 바위 근처에서 8~10년 정도 성장기를 보내다가 다른 곳으로 탐험을 시작한다. 그러다 나이가 들면 그때그때 필요한 짝을 만나 생식을 한 뒤 다시 다른 곳으로 떠난다. 보통의 케토라인은 다 그렇게 살았다.

"그럼 특별하게 계속 같이 사는 사람은 없어?"

내가 케토라인의 삶을 설명해 주자 유나는 긴 고민 끝에 이렇게 물었다. 나는 당황했다. 같이 산다니? 유나를 만나기 위해 연구소에 머무는 것도 나에게는 이례적인 일이었다. 우리는 호기심과 탐구심이 많아서, 과학자 집단처럼 연구 목적으로 특별히 모여 사는 경우를 제외하면 대부분 혼자 바다를 떠돌아다니며 산다. 유나와의 만남이 끝나면 나도 다른 사람들처럼 케토라의 정보를 수집하고 이해하며 살지 않을까. 외계인이라 그런가, 신기하다고 생각하며 나는 물었다.

"왜? 지구인은 누구랑 특별히 오래 살아?"

"응. 우리는 특별한 사람들과 모여 살아. 그렇게 모여 사는 사람들을 '가족'이라고 불러."

역시 어렵다. 내가 계속 고개를 갸웃거리자 유나가 웃으며 말했다.

"아무튼 지구식 개념으로 너랑 나는 친구인 거고, 아주아주 넓게 보면 가족인 거지. 우리는 특별히 오래 만난 사이니까."

친구와 가족, 특별히 오래 만난 사이.

왜일까? 유나의 설명을 듣고 나니 아무 말도 할 수 없었다. 모래 알갱이가 아가미에 걸려서 까끌거릴 때처럼 온몸이 간지럽고 속이 답답해졌다. 유나를 처음 만났을 때와 비슷하지만, 분명히 다른 감정이었다. 이 감정을 설명할 수 있는 단어를 찾지 못해 나는 한참 동안 내 아가미를 만지작거렸다. 다음 만남을 기약하며 헤어질 때, 유나가 그 아름다운 다섯 가닥을 내 아가미 안에서 꼼지락거렸을 때 어떤 기분이었는지를 떠올리면서.

나와 유나가 주기적으로 만나며 지구와 케토라에 관해 이야기하는 사이, 과학자들은 지구와 관계를 맺으려 끊임없이 우주로 전파를 보냈다. 케토라는 행성의 전체가 물이라는 제한적 환경 때문에 지구보다 과학 기술이 느리게 발달했지만, 물속 생물 간 전기 신호와 음파의 작용을 분석하고 응용해 외부로 메시지를 보내는 능력은 갖추고 있었다. 과학자들은 지구와의 소통이 문명의 긍정적인 발달을 이뤄 낼 것이라고 믿으며 꾸준히 전파를 보냈다. 그리고 마침내, 지구의 탐사선 보이저 1호에 신호가 닿았다.

보이저 1호에 닿은 신호는 머지않아 지구로 전달됐다. 보이저 1호를 매개로 케토라와 지구의 첫 소통이 이뤄졌고, 우리 은하에 서로 소통할 수 있는 생명체가 사는 행성이 존재한다는 걸 알게 된 케토라인들은 환호했다. 나와 유나는 연구소에서 이야기를 한창 나누고 있다가 그 소식을 들었다. 유나는 감격 어린 환호를 내질렀다. 나도 소리를 지르며 기뻐했다. 아니, 기뻐했나? 잘 모르겠다. 유나가 이제 집에 돌아갈 수 있다고 좋아하며 내 손을 움켜쥐었을 때, 내가 느낀 것은 그 애와 처음 닿았던 순간과 같은 감동이 아닌, 고통이었다.

유나가 지구로 돌아간다.

처음 나는 그 사실을 듣고 무척 기뻤다. 그러나 동시에 고통스러웠다. 케토라의 과학자들이 지구에서 우주선이 온다는 소식을 전했을 때, 나는 내 피부의 비늘이 하나씩 뜯기는 듯한 통증을 느꼈다. 유나가 지구로 돌아갈 날짜를 헤아리는 소리를 듣고 있으면 나도 모르게 내 손의 막을 찢어 가닥을 만들고 싶은 마음이 들었다. 밖으로 튀어나온 장기와 성기와 포궁을 꾸역꾸역 몸 안으로 집어넣고 물결을 따라 흔들리는 지느러미를 잘라 내고 싶었다. 그런 생각에 한참 잠겨 있다가 유나와 마주치면, 나는 그런 생각을 했다는 것에 부끄러움을 느끼며 그 자리에서 도망가 버렸다. 더 이상 유나를 만날 수 없었다. 만나고 싶은데, 만나고 싶지 않았다. 모순되는 감정에 혼란스러워하며 나는 이런저런 핑계로 유나를 피했다.

유나는 나의 태도 변화에 당황스러워하는 것 같았다. 나는 유나에게 내 태도를 해명하고 싶었지만, 한마디로 명료하게 설명할 방법을 찾지 못해 계속해서 그 애를 피했다. 유나가 나를 찾고 내가 유나를 피할수록 점점 대치 상황으로 변했고, 유나는 화가 난 것처럼 보였다. 나는 다른 사람에게 내가 느끼는 혼란을 설명하고 상담을 받아 보려고 했지만, 이상한 사람으로 취급받을까 봐 무서워 차마 말하지 못했다. 애초에 다른 사람들은 나와 유나의 관계에 관심이 없었다. 유나는 외계인이었다. 우리 행성 사람도 아닌데, 아니 그렇다고 해도, 그 애가 떠나겠다는데 무슨 상관이란 말인가? 몇 주간 이어지는 대립에 나는 점점 지쳤고, 화가 났다. 왜 나는 이런 감정을 느끼고, 이 감정을 다스리지 못하는 걸까?

유나 역시 포기한 듯했다. 더 이상 나를 찾지 않았으니까. 나는 이대로 유나를 보내면 된다고, 그러면 감정도 차분히 정리될 것이라고 믿었다. 유나가 내 연구실에 들어서기 전까지는.

그때 나는 한참 유나와 나눈 대화 기록을 영구적으로 보존하는 작업에 몰두하고 있었다. 연구소를 떠나고 싶지는 않은데, 유나를 피할 방법은 없으니 내가 선택한 결과였다. 대화 기록을 들으며 그 애와의 추억을 상기하고 있을 때, 유나가 연구실에 들어왔다. 나는 깜짝 놀라 기록물을 손에서 놓쳤다. 유나가 천천히 내게로 걸어왔다. 나는 애써 기록물에 신경을 집중했다. 아무리 신경 쓰지 않으려 해도 유나가 매우 화가 났다는 걸 알 수 있었다. 유나가 바닥으로 내려앉은 기록물을 주우며 말했다.

"지구에서 나를 데리러 온다는 소식이 왔어."

심장이 덜컥 내려앉았다. 나는 입을 뻐끔거렸다. 하지만 산소 방울만이 방울방울 솟을 뿐, 아무 말도 나오지 않았다.

"난 이제 지구로 돌아갈 거야. 아마 우리가 단둘이 만나는 건 지금이 마지막일 수도 있어."

유나의 음파는 그 파동이 일정했다. 어쩐지 그 차분함에 가슴이 꽉 조였다. 무슨 말을 하긴 해야 하는데, 떠오르는 말이 하나도 없었다. 유나가 긴 한숨을 내쉬었다.

"나는 우리가 친구라고 생각했어."

그 말을 듣는 순간, 내 입에서 원하지 않았던 말이 툭 튀어나왔다.

"친구가 뭔데?"

"뭐?"

"난 아직도 친구가 뭔지 몰라. 아마 영원히 모를 거야."

유나가 침묵했다.

"그럼 다시 물을게. 넌 내가 이대로 지구에 돌아가도 괜찮아?"

유나의 소리 파동이 점점 요동치기 시작했다. 나는 여전히 가슴이 꽉 조이는 것을 느끼며, 내가 왜 이런 말을 하는지 모르겠다고 생각하며, 말했다.

"케토라인은 한곳에 머무르지 않지. 너도 마찬가지고."

그 말을 하고 나서야 나는 깨달았다. 유나가 내 손을 처음 잡은 순간, 내가 전율을 느끼는 동시에 그 애에게서 물러난 이유를. 그건 두렵기 때문이었다. 처음부터 나는 유나가 떠날 걸 알고 있었다. 그렇기에 다시 말미잘에게 쏘이지 않으려 몸을 돌리는 것처럼 나는 도망가려 한 것이다. 그 사실이 또렷해지자 나는 더 이상 말을 이을 수 없었다. 유나가 지구에 가기로 한 이상, 돌이킬 수 있는 건 아무것도 없었다.

내가 뒤늦게 정신을 차렸을 때 유나는 이미 자리를 떠난 후였다. 나는 유나가 놓고 나간 기록물을 마저 정리했다. 누군가가 지느러미를 찢어 내는 것처럼 아팠지만, 꾹 참고 자리를 지켰다.

 몇 주 지나지 않아 지구에서 우주선이 도착했다. 보이저 1호와 신호가 닿은 순간부터 오랫동안 긴밀한 소통을 나눈 만큼, 지구와의 첫 만남은 조심스럽고 평화롭게 이루어졌다. 기체가 있는 외부와 가장 가까운 수면에서 이루어진 회담에 수많은 사람들이 몰려들었다. 회담에서 나온 모든 이야기가 바다의 파도를 따라 곳곳으로 퍼져 나갔다. 행성은 전에 없는 열기로 들떠 있었다.
 나는 가만히 연구실에 앉아 쏟아지는 이야기를 들었다. 지구와 케토라의 교류 시기부터 방법, 평화를 지킬 수 있는 규칙들을 지구 대표가 연설했다. 음파로 전달되지 않는 단어가 많았지만, 지구 대표의 연설을 들으며 나는 지구인들이 소통을 위해 최대한 크고 간단한 음파와 전기 신호로 번역했다는 것, 그리하여 케토라와 호기심 어린 교류를 하고 싶어 한다는 걸 느낄 수 있었다. 무심한 척 연설을 듣는데, 유나의 이야기가 등장했다.
 "우리의 어린 지구인이 케토라에 피해를 입힌 것을 알고 있습니다. 우리 지구는, 케토라가 입은 피해를 복구하는 것에서부터 교류를 시작하고 싶습니다."

웃음이 나왔다. 유나가 처음 이 행성에 떨어졌던 순간이 떠올라서였다. 그 어마어마한 열기와 굉음을 누가 잊을 수 있을까. 옛 추억에 잠길 즈음, 지구 대표가 말했다.

"케토라와 지구를 이어 준 우리의 어린 지구인, 한유나 양의 말을 끝으로 이 연설을 마치겠습니다."

몸이 바짝 굳었다. 온몸의 신경이 음파를 받아들이는 감각 기관으로 집중되는 게 느껴졌다. 이런 내 상태를 아는지 모르는지, 유나가 천천히 말을 시작했다.

유나의 말은 지구 대표가 했던 연설의 맥락과 크게 다르지 않았다. 자신에게 호의를 베풀어 준 케토라인에게 감사하고, 이곳에서 지내는 동안 너무나 많은 것을 배우고 체험했다고 유나는 말했다. 자신은 케토라에 머물렀던 시간을 절대 잊지 않을 것이며, 케토라와 평화적으로 교류하는 데 자신의 생애를 쓸 것이라고도 이야기했다. 그 말을 듣는데, 이상하게도 내 심장이 점점 쿵쾅거리기 시작했다. 가벼운 파동으로 시작한 두근거림은 유나의 연설이 이어지면 이어질수록 점차 무시할 수 없는 세기로 수축과 이완을 반복하며 파동을 일으켰다. 그 파동은 꼭 이렇게 말하는 것 같았다.

'잡아.'

뭘? 뭘 잡아야 하지? 내가 심장 부근에 손을 얹고 생각할 때, 유나가 말했다.

"연설을 마치며, 특별히 오랫동안 저와 교류했던 친구에게 말하고 싶습니다."

어느새 나는 자리에서 일어나 있었다. 심장이 아플 정도로 두근거렸다. '잡아.' 파동이 다시 한번 말했다.

"너는 케토라인이 한곳에 머무르지 않는다고 했지."

나는 연구실 문을 열었다. 천천히 연구소 밖을 향해 나아갔다. 바다의 물결을 따라 유나의 소리 파동이 전해졌다.

"지금 나는 떠나지만, 분명 언젠가 또다시 우주로 나올 거야. 네가 말한 대로, 나도 케토라인처럼 한곳에 오래 머무는 걸 좋아하지 않거든."

점차 나아가는 속도가 빨라졌다. 거침없이 앞으로 나아가느라 유나의 목소리가 흐려졌지만, 나는 집중하려 애쓰며 힘껏 헤엄쳤다.

"그렇게 이곳저곳을 여행하다 보면 언젠가 다시 너를 만날 수 있지 않을까? 너는 특별히 함께할 사람이 없다고 했지만 먼 미래에, 아주 잠깐, 우리가 다시 함께 이야기 나누고 한 공간에 있을 수 있지 않을까?"

수면까지는 아직 멀다. 하지만 헤엄을 포기할 수 없었다. 기체를 떠다니는 우주선의 엔진이 바다에 물결을 일으키고 있었다. 나는 그 물결을 향해 있는 힘껏 발을 찼다.

"그때 친구가 뭔지 다시 알려 줄게. 우리 꼭 다시 보자."

유나의 목소리가 끊겼다. 연설이 끝난 모양이었다. 엔진 소리와 파도가 점차 커지기 시작했다. 우주선은 이륙을 준비하고 있었다. 폐가 열기로 끓는 듯이 아팠지만 나는 계속해서 수면을 향해 손을 뻗었다. 발을 찰 때마다 생기는 포말이 내 후회 같았다. 왜 그랬을까. 그래서 나는 유나를 만나기 전까지 헤엄을 멈출 수 없었다. 수면이 가까워지자 사람들이 나를 알아보고 길을 비켜 주었다. 나는 소리를 질렀다. 무슨 말을 하는지도 모르고, 그저 수면에서 멀어지는 우주선을 잡을 수 있기만을 바라며 있는 힘껏 소리쳤다.

그때였다. 점점 강해지던 물결이 다시 잠잠해졌다. 그제야 나는 소리를 지르는 걸 멈췄다. 우주선이 작동을 멈췄다. 입구에서는 계단이 뻗어져 나오고 있었다. 누군가 그 계단을 타고 천천히 바다로 내려오기 시작했다. 나는 음파 반사를 하지 않아도 그게 누구인지 알 수 있었다. 계단을 타고 내려와 바다에 빠진 그 사람을 나는 와락 끌어안았다.

그 순간 나는 깨달았다. 내가 말미잘에 쏘인 것처럼 놀라면서도 계속 유나에게 다가갔던 이유를. 나는 유나에게 지구인의 감정을 배운 것이다. 지구인이 말하는 '친구'. 그게 뭔지 이제는 알 것 같았다. 그 애에게 호기심과 탐구심을 느끼는 것 이상으로 나는 유나를 더 알고 싶었다. 계속 유나에게 그 감정에 대해 배우고 싶었다.

"나도 너와 다시 만나길 바랄게."

내가 말했다. 유나는 내 아가미에 손을 살짝 넣는 것으로 대답을 대신했다.

우리의 포옹은 짧게 끝났다. 유나는 다시 계단을 올라 우주선으로 사라졌다. 수면 밖으로 나갈 수 없었기 때문에 나는 회오리치듯 거세지는 물결을 느끼며 심장이 있는 곳에 내 손을 올렸다. 그토록 거셌던 심장 박동이 점차 잦아들고 있었다. 아가미에 닿았던 유나의 손길이 선명했다. 그것만으로도 다시 만날 때까지 걸릴 시간을 견딜 수 있으리라는 믿음이 생겼다. 그렇게 내가 완전히 진정되었을 때, 우주선은 케토라를 떠났다.

지구와의 접촉 이후 케토라는 외부 행성 탐사를 위해 자체 우주선을 만들기 시작했다. 그 과정에서 지구의 도움을 받았고, 지구는 해양 생물과 소통하는 케토라인의 기술을 연구해 자체적으로 지구의 오염된 바다를 정화하는 작업에 착수했다. 낡디낡은 보이저 1호를 대신할 인공위성이 지구와 케토라 사이에 자리 잡았고, 케토라와 지구는 수시로 연락을 주고받으며 서로의 행성에서 연구하며 도울 점들을 공유했다. 단순 협력에 불과했던 관계도 행성 간의 정식적인 외교 관계로 자리매김하면서 외부와의 소통이 원활해졌다.

그리고 나는 지금 물이 채워진 우주복을 입고, 물로 가득 찬 우주선에 앉아 있다. 내가 탄 우주선은 지구인들이 케토라를 처음 방문했을 때 사용했던 우주선을 모방한 것이었다. 사람들은 이 우주선을 케토 1호라고 부르지만, 나는 남몰래 이 우주선을 유나 1호라고 이름 붙였다. 이 우주선의 목적지는 지구가 아니지만, 이 우주선을 시작으로 언젠가는 또 다른 우주선이 지구에 도착할 가능성을 나는 믿었다. 그때까지 유나가 몇 호나 생길지 몰라도, 끝내는 지구에 도착하리라는 걸 나는 알았다. 유나가 먼저 내 손을 잡았고, 내 아가미에 손을 넣어 애정을 확인해 주었으므로.

그때가 되면 나는 친구가 무엇인지 절실히 알 수 있을 것이다.

제11회 한낙원과학소설상 수상 소감

  나는 특별히 사랑해 본 적이 없는데, 왜 여태 써 온 건 전부 사랑에 관한 글일까, 이게 정말 사랑에 관한 글일까 오래 고민했습니다. 어째서 나는 계속 사랑을 고민할까. 그걸 이렇게 써도 되는 걸까.

  「아가미에 손을 넣으면」은 그 질문을 반복하던 어느 날에 쓴 소설입니다. 햇빛이 잘 드는 커다란 도서관 창가에 앉아 멍하니 바깥 풍경을 보다가 문득 이 소설을 썼습니다. 쓰다 보니 신이 났습니다. 태어나 처음으로 하루 만에 원고를 완성하고, 수정을 마친 작품을 친구들에게 보여 주며 피드백 받는 내내 웃음이 떠난 적이 없었습니다. 온 정성과 마음을 다한 이 작품이 제11회 한낙원과학소설상을 수상했다는 소식을 들었을 때 무엇보다 기뻤던 것은, 그 '문득'의 순간 때문이었습니다.

  여전히 사랑이 무엇인지 고민하지만, 이 소설을 쓴 뒤로 그 방식을 고민하지는 않게 되었습니다. 누군가 연인을 사귀고, 친구를 만나고, 가족을 만들듯이 저는 글을 쓰고 있습니다. 제가 쓴 사랑이 누군가에게 닿는다면, 그래서 자신의 사랑을 향해 고개를 들도록 돕는다면 저는 더할 나위 없이 행복할 것입니다. 그리고 지금도 그러기 위해서 계속 글을 쓰고 있습니다.

제가 그러했듯 이 글을 읽는 독자분들 또한 사랑을 고민하되 방식을 미워하거나 머뭇거리지 않기를 바랍니다. 앞으로 나아가시면, 저도 함께 걸으며 계속 글을 쓰겠습니다.

감사합니다.

김나은

수상 작가 신작

나란한
두 그림자

김나음

"혹시, 나 예전에 왼손 쓸 줄 알았어?"

오른손으로 드리블하던 공을 왼손으로 옮기며 윤화가 물었다. 나는 벤치에 앉아, 능숙하게 공을 튕기는 윤화를 보며 고개를 끄덕거렸다. 신기하네, 하고 중얼거린 윤화가 또 한 번 물었다.

"그럼 내가 언제 농구부 주장 됐는지도 기억해?"

"작년 겨울이었어. 윤아 언니는 기억나? 선수 출신만 농구부에 들어올 수 있다는 규정 없어지고 처음으로 윤아 언니가 주장 했잖아."

"좀 흐릿해."

통, 통, 바닥을 튕기던 공이 골대를 향해 날아갔다. 백보드의 하얀색 칸을 맞힌 공이 부드럽게 그물망 안으로 떨어졌다. 윤화가 짧게 휘파람을 불었다.

"신기하네. 기억은 없는데 몸이 기억하고 있는 것 같아."

"어느 정도 기억하는 것 같아?"

윤화는 잠시 제자리에 서서 내 말을 고민했다. 침묵이 길어지자 나는 시선을 허공으로 돌렸다. 야구공 크기만 하던 해가 어느새 탁구공만큼 작아져 서쪽으로 넘어가고 있었다. 서서히 쪼그라드는 태양의 모양이 꼭 내 마음이 졸아드는 모습 같았다. 해가 지는 방향으로 구름이 몰려가는 모습을 보고 있자 윤화가 대답했다.

"잘 모르겠어."

나는 무엇을 잘 모르겠냐고 물으려다가 입을 다물었다. 붉은빛이 윤화의 얼굴 반쪽을 비추고, 나머지 반쪽에 어둠을 드리우고 있었다. 나는 윤화의 그림자로 시선을 떨군 채 다음 말이 이어지길 기다렸다.

"……역시 좀 이상한가?"

"뭐가?"

"사람들이 말하는 것 있잖아, 유령이라서 어쩌고저쩌고 하는 말."

윤화가 천천히 내 쪽으로 고개를 돌렸다. 해를 등진 얼굴이 그림자에 가려져 표정이 보이지 않았다. 나는 표정을 일그러뜨리지 않도록 노력하며 말했다.

"너 지금 다니는 학교 이름이 뭐야."

"응? 세한고등학교."

"중학교는?"

"세한중학교. 알면서 왜 물어봐?"

"그럼 내 이름은?"

윤화가 어이없다는 듯 한숨을 뱉었다. 나는 토 달지 말라는 의미로 손을 내저으며 답을 재촉했다. 윤화가 픽 웃으며 대답했다.

"정연우지 뭐야."

윤화가 천천히 벤치 쪽으로 걸어왔다. 나는 자리에서 일어나며 말했다.

"다 기억하네, 뭘."

나는 윤화의 손에서 농구공을 빼앗았다. 어처구니없다는 눈으로 나를 보든 말든, 나는 허공을 향해 공을 던졌다. 짧게 떠오른 공이 다시 내 손으로 떨어졌다.

"늦었어, 이제 집에 가자."

무심코 손을 잡으려던 나는 아차, 하며 내민 손을 뒤로 물렸다. 그 모습을 못 본 척 윤화가 앞장서 걸었다. 나보다 반 뼘은 더 큰 키로 성큼성큼 걸어가는 윤화의 뒤로 검은 그림자가 길게 늘어지고 있었다. 나는 일부러 그 그림자를 밟으며 윤화의 뒤를 따랐다.

*

 열여덟 살 봄, 저승으로 떠난 윤화는 가을에 학교로 돌아왔다.
 교실 문을 열고 들어온 윤화는 내가 마지막으로 본 모습에서 조금도 변하지 않았다. 곱슬거리는 긴 머리를 묶고 흰색 바람막이 점퍼를 걸친 모습. 자신을 바라보는 아이들의 깜짝 놀란 시선에 윤화가 어리둥절한 표정으로 물었다.
 "여기 2학년 4반 아니야?"
 나는 자리에서 일어나 윤화에게 다가갔다. 떨리는 손으로 이마를 짚자, 따뜻한 온기와 부드러운 머리카락이 느껴졌다. 내가 윤화의 얼굴을 만지는 걸 본 아이들이 하나둘 자리에서 일어났다.
 "정연우, 너 내 얼굴 함부로 만지지 말랬지? 선크림 지워진다고."
 윤화가 인상을 찌푸리며 내 손을 쳐 냈다. 나는 벌어진 입을 다물지 못한 채, 아이들이 다가와 윤화의 손을 만지는 걸 바라보았다. 두 뺨을 타고 눈물이 흘러내렸다. 당황한 윤화가 왜 우냐고 나를 다그치는 사이, 나를 따라 아이들도 훌쩍이기 시작했다.

"뚝! 애도 아니고 왜 울어?"

눈물이 주룩주룩 흐르는 내 뺨을 윤화가 닦아 주었다. 볼을 쓰다듬는 손이 따뜻했다. 나는 윤화의 손을 잡고 엉엉 울었다. 순식간에 반 전체가 울음바다가 되었다. 너도나도 윤화를 안으려고 하자, 윤화는 못 이기는 척 친구들을 한 명씩 안아 주었다.

"어떻게 돌아온 거야?"

울음이 그쳐 갈 즈음 누군가 물었다. 윤화가 황당하다는 표정을 지으며 대답했다.

"나 보건실 다녀왔잖아. 깜빡 잠들었는데 쌤 안 계셔서 그냥 왔는데? 야, 근데 왜 이렇게 춥냐?"

윤화의 기억은 열여덟 살 초반에 멈춰 있었다. 내가 겨우 눈물을 멈추고 진실을 말해야 하나 고민할 때, 선생님이 경찰에 윤화의 귀환을 신고했다. 입이 가벼운 몇몇 아이들은 눈물을 그치자마자 다른 반에 소식을 퍼뜨렸다. 순식간에 교실이 사람으로 가득 찼다.

윤화의 부모님이 학교에 도착해 윤화를 데려갈 때까지, 나는 무슨 말을 해야 할지 몰라 입만 벙긋거리고 있었다. 상황이 파악되었을 때는 이미 윤화의 귀환을 포함한 전국 각지의 이상 현상이 뉴스에 보도된 후였다. 죽어서 장례식까지 마친 사람들이 짧게는 석 달, 길게는 5년 동안의 기억을 잃은 채 평소 즐겨 다니던 장소에서 발견되었다고 뉴스는 전했다. 빠르게 넘어가는 인터뷰 화면 속에는 윤화도 있었다. 고집스럽게 입을 다물고 있었지만 이리저리 흔들리는 눈동자까지 숨길 수는 없었다. 그제야 윤화에게 연락해야겠다는 생각이 들었다. 나는 휴대폰을 꺼내 문자를 보냈다.

하지만 윤화는 학교로 돌아오지 못했다. 온갖 소식이 뉴스를 탔고, 나는 쉬는 시간이면 친구들과 태블릿으로 뉴스를 검색했다. 저승에서 돌아온 사람들을 어떻게 부를지부터 사람들에게 유령 취급을 받는 그들이 과연 이승의 사람들과 어울려도 되는지, 사람들은 각종 기사와 커뮤니티에서 댓글로 의견을 쏟아 내고 있었다.

아이들 사이에서도 의견이 갈렸다. 윤화가 학교로 와야 한다고 말하는 친구들과 한 번 죽었던 사람이랑 같은 공간에 있는 건 무섭다는 친구들의 의견이 팽팽하게 맞섰다. 인터넷에 유령과 몸이 닿으면 접촉한 신체 부위가 사라진다는 소문이 돌면서 아이들의 말투는 더욱 날이 서 있었다. 나는 누구의 편도 들지 않았으나, 아이들의 말다툼을 듣고 불쑥 화가 날 때마다 윤화에게 문자를 남겼다. 답장은 돌아오지 않았다. 답장을 기대한 건 아니었기에 나도 굳이 문자를 읽었는지 확인하지 않고 내가 하고 싶은 말을 보냈다.

윤화에게 연락이 온 건 그로부터 한 달이 지난 뒤였다.

[끝나고 세화 근린공원.]

다른 말 없이 문자로 장소만 알렸지만 나는 드디어 윤화가 집 밖으로 나올 수 있게 되었다는 걸 알았다. 어떻게 종례까지 버티다가 공원으로 갔는지, 머릿속에 기억이 없었다. 나는 온 힘을 다해 달려갔다. 윤화는 열매가 빨갛게 익은 산수유나무 아래 벤치에 앉아 있었다. 무슨 생각을 하는지, 표정 없던 얼굴이 나와 마주치자 환하게 피어났다.

"문자 보내 준 것 다 읽었어. 나 돌아오기 전에 보낸 것도."

내가 벤치에 앉아 숨을 고를 때 윤화가 가방을 받아 주며 말했다. 그 순간 머릿속으로 무수한 글들이 스쳐 지나갔다. 저승으로 떠난 윤화와 미처 화해하지 못했던 일을 사과하는 문자, 윤화의 생일에 친구들끼리 돈을 모아 샀던 국화 사진, 아이들과 이야기를 나누다가 윤화를 응원해야겠다는 생각에 남긴 글, 어느 새벽에 눈물을 훌쩍거리면서 첨부한 노래 가사. 언젠가 읽지 않음 표시가 사라진 걸 알았지만 상대방이 그 글을 모두 읽었다는 걸 휴대폰으로 확인하는 것과 직접 만나서 말로 전해 듣는 일의 무게는 크게 달랐다. 목을 타고 올라온 열기에 얼굴이 붉어지는 게 느껴졌다. 내가 입을 꼭 다물고 있자 윤화가 웃으며 말했다.

"답장 못 해서 미안해. 검사받느라 시간이 없었어."

"검사?"

"응, 이런저런."

나는 정부 기관에서 유령을 조사하고 있다는 기사를 떠올렸다. 이승으로 돌아오면서 몸에 문제가 생기지는 않았는지 시간을 두고 테스트 중이라고 했다. 나는 더 캐묻는 대신 고개를 끄덕였다.

"앞으로 하루에 두 시간 정도는 나올 수 있을 거야."

"두 시간밖에 안 되는데, 나 만나는 데 시간을 써도 돼?"

내 말에 잠시 하늘을 보며 고민하던 윤화가 부드럽게 미소 지었다. 눈은 웃지 않은 채 입술만 늘인 표정. 처음 보는 웃음에 나는 어쩐지 긴장이 되어, 허리에 힘을 주고 자세를 바로 했다.

"사실 내가 누구였는지 좀 헷갈려."

저승으로 떠나기 전 자신이 무엇을 했고, 어디를 갔고, 어떤 걸 먹었는지는 어렴풋이 기억난다고 했다. 하지만 당시 어떤 기분을 느꼈고 무슨 생각을 했는지는 기억나지 않는다고. 그래서 자기 기억 같지 않고 제삼자가 되어 바라보는 기분이라고 했다. 자기를 알고 싶은데, 다른 사람보다 내가 먼저 생각났다고 말했다. 나는 멍하니 물었다.

"내가 제일 먼저 생각났다고?"

윤화가 고개를 끄덕였다. 나는 머리가 뿌옇게 흐려지는 기분을 느끼며 말했다.

"난 너한테 그냥 친구였잖아. 내가…… 도움이 될까?"

아차, 하는 마음에 나는 싫은 건 아니라고 덧붙였다. 솔직히 두려웠다. 문자로 윤화에게 도움이 되고 싶다고 여러 번 말하기는 했지만 정말 내가 도움이 될지는 알 수 없었다. 온 세상이 저승에서 온 사람들에게 촉각을 곤두세우고 있는데, 곁에서 유나가 어떤 상황을 겪고 있고 무엇을 느끼는지, 아무것도 모르는 채로 도와주다가 윤화에게 피해를 주면 견딜 수 없을 것 같았다. 답을 머뭇거리자 윤화가 표정을 찡그리듯 웃으며 말했다.

"정연우, 나 좋아하는 거 아니었어?"

나는 입을 틀어막았다. 설마 문자로 그런 내용까지 보냈었나? 열기가 정수리까지 치솟았다.

"반은 찍었는데. 맞나 보네?"

으악, 비명이 터져 나왔다. 쥐구멍이라도 찾아서 숨고 싶었다. 별수 없이 가방에 얼굴을 파묻자 윤화가 킥킥 웃으며 내가 보낸 문자를 읊었다. 좋아한다는 말만 쓰지 않았지, 윤화의 입으로 듣고 보니 고백 편지나 다름없었다. 그만하라는 뜻으로 팔을 휘저었지만 윤화는 문자를 읽고는 자기 감상까지 이야기한 뒤에야 말을 멈췄다.

"그래서 나를 제일 좋아하는 너라면 내가 어떤 사람인지 제일 잘 알 거라고 생각했어."

나는 머리가 터져 버릴 것 같은 기분에 오랫동안 말을 고르다가 입을 뗐다.

"도와줄게."

차마 윤화의 얼굴을 볼 자신이 없었다. 고개를 떨구고 입술을 삐죽이고 있자 머리 위에서 키득키득 웃는 소리가 들렸다. 한참 후에야 웃음을 멈춘 윤화가 말했다.

"그래, 잘 부탁해."

*

공원을 나온 우리는 곧장 아파트 단지를 향해 걸었다. 명절을 맞아 동네 곳곳에 플래카드가 걸려 있었다. 주로 명절 인사였지만 특정 누군가를 콕 집어 호통치는 문구의 플래카드도 많았다. 나는 일부러 시선을 먼 곳에 두고 말없이 윤화를 따라 발걸음을 옮겼다. 계속 앞을 보던 윤화는 어느새 땅을 보며 걷고 있었다.

"앞 좀 보고 걸어, 넘어진다."

돌아오는 답은 없었다. 나는 더 말을 보태지 않고, 방지턱이나 돌부리가 보이면 일러 주기만 했다. 완전히 노을이 진 뒤 가로등 불빛이 밝아졌지만 거리는 어두웠고 땅에 어떤 걸림돌이 있을지 알 수 없었다. 손이라도 잡고 가면 좋을 텐데. 잠깐 고민했으나 곧 머릿속에서 지워 버렸다.

저승에서 돌아온 후 윤화는 누군가와 몸이 닿는 일을 몹시 꺼렸다. 휴대폰을 받고 열심히 인터넷을 찾아보더니, 유령과 접촉하면 신체 일부가 사라진다는 루머를 읽은 모양이었다. 윤화가 그 얘기를 한 적은 없었다. 벤치에 나란히 앉으면 세 뼘 정도 거리를 두는 걸 보고 이유를 짐작했을 뿐이었다. 시간이 지나도 윤화는 그 이상 가까워지려 하지 않았고, 나 역시 윤화가 불편해하는 모습에 더 거리를 좁히려 하지 않았다.

윤화가 내 도움이 필요하다고 말한 뒤로 우리는 매일 공원에서 만났다. 나는 일기를 가져와 윤화와 함께 겪은 일을 말해 주었고 윤화는 기억을 찾는 데 도움 될 만한 내용을 노트에 적었다. 그때그때 윤화의 반응을 보면서 나는 윤화가 어떤 건 정말 기억이 나고, 어떤 건 모호한데 기억이 나는 척

하고, 어떤 건 아예 처음 듣는 내용이라는 걸 추측했다. 내 이야기를 들으며 당황스러워하다가도 쑥스러워하며 기뻐하고, 난처한 듯 울상을 짓다가 먹구름이 개듯 슬픔이 물러가는 표정을 살피는 건 생각보다 집중력이 필요한 일이었다. 윤화도 나를 이만큼이나 신경 쓸까? 질문을 떠올리는 것만으로도 왼쪽 가슴이 간지러웠다.

"있잖아, 집에 사람들이 왔었어."

내가 생각에서 깨어난 건 아파트 단지 입구에 도착했을 때였다. 나는 가라앉은 목소리로 말을 잇는 윤화를 바라보았다. 윤화는 나를 보지 않고 허공에 시선을 두고 있었다.

"나한테 무슨 말을 하지는 않았어. 때리거나 협박하지도 않았고."

"그런데?"

"저런 걸 나눠 주더라고."

나는 윤화가 손을 뻗어 가리키는 쪽으로 눈길을 돌렸다. 입구에 세워진 커다란 기둥에 포스터가 붙어 있었다. A4 용지에 프린트된 '혐오가 아닙니다, 생존입니다.'라는 제목의 글이 보였다. 나는 얼른 기둥으로 달려가 포스터를 뗐다. 이름을 적지 않았을 뿐, 포스터 속 글이 우리 아파트 몇 동에 사는 누구를 가리키는지는 읽지 않아도 알 수 있었다. 나는 포스터를 구겼다.

"내가 정말 저승으로 돌아가야 하는 걸까? 아니면 유령보호소라도?"

"뭐라는 거야!"

나도 모르게 목소리가 높아졌다. 유령보호소 이야기가 나오면 늘 화난 사람처럼 말하게 되었다. 윤화에게 화가 난 게 아닌데 눈앞에서 말하는 상대가 윤화뿐이라 자연스럽게 분노가 그쪽으로 향했다. 특히 내가 화내는 게 당연하다는 듯 묵묵하게 이야기를 듣는 모습이 내 화를 북돋웠다. 보호소 이야기가 처음 나왔을 때부터 그랬다. 그때나 지금이나 모든 걸 포기한 사람처럼 가만히 있는 윤화를 보며 나는 분통이 터졌다.

"거기 이름만 보호소지 감옥이나 다름없다며. 저승에서 돌아온 사람들 어디 못 돌아다니게 전부 몰아넣는 거잖아!"

정부가 저승에서 돌아온 사람들을 수용할 시설, 그러니까 유령보호소를 짓겠다고 발표한 날에도 윤화는 멀뚱했다. 학교에서 처음 소식을 들었을 때는 괜찮았는데, 윤화와 얼굴을 마주하고 있으니 견딜 수 없이 화가 났다. 이후에 다른 친구들과 있을 때는 항의 편지를 써 보자고 이야기하기도 했는데, 윤화는 분노하지도, 슬퍼하지도, 반박하지도 않았다.

평소라면 윤화 나름대로 분을 삭이고 있으리라고 생각했겠지만 이상하게도 오늘은 참을 수 없었다.
"너는 화 안 나?"
"글쎄, 잘 모르겠어."
담담한 목소리로 윤화가 말했다. 나는 가슴 한구석이 서늘해지는 걸 느꼈다. 변했다. 예전의 윤화가 아니었다. 내가 기억하는 윤화는 선수 출신이 아니면 농구부에서 활동할 수 없다는 규정에 화를 내던 사람이었다. 적극적으로 담당 선생님께 규정에 대해 항의하고, 친구들에게 서명서를 받으면서 지금의 농구부는 부당하다고 외치던 사람. 모두가 유난스럽다 손가락질해도 결국 규정을 없애고, 농구부에 들어가 신입생으로는 최초로 주장까지 하던 사람이 바로 나의 친구였다. 나는 윤화에게서 한 발짝 뒤로 물러나며 말했다.
"그게 무슨 말이야? 당연히 화내야지."
"왜 당연한데?"
"그게 너니까!"
"그게 나라는 걸 너는 어떻게 알아?"
그 순간, 나는 당장 쏟아붙이려고 준비하고 있던 모든 말이 사그라지는 걸 느꼈다. 그게 윤화라는 걸 어떻게 아니? 그런 건 당연히 알아야 하는 것 아닌가? 기억만 조금 없을

뿐이지 생김새나 입고 먹는 것, 말투며 목소리까지 윤화는 내가 알던 그대로였다. 달라진 건 바꾸면 되는 일이었다. 무엇보다, 자기 자신을 고치려고 윤화는 나한테 도움을 청한 게 아니었나?

"있잖아. 연우 너, 내가 보호소에 들어가야 한다는 사람들이랑 지금 똑같은 말을 하고 있다는 거 알아?"

"뭐?"

"그 사람들은 내가 이상하다고 해. 원래의 나로 돌아가야 한다고 하고."

나는 입을 다물었다. 아니라고, 그 사람들이랑 나는 전혀 다르다고 말하고 싶었는데, 단 한마디도 뱉을 수가 없었다. 오히려 입안에 머물던 말이 가슴 깊이 가라앉으면서 의문이 피어올랐다. 그런가? 정말 내가 윤화를 이상하게 보고 있던 건가? 하지만 나는 그저 도움이 되고 싶어서……

"나는 지금 여기 있는데, 사람들은 내가 아니라 나랑 똑같이 생긴 다른 사람을 원하는 것 같아."

윤화가 가만히 나를 바라보며 말했다.

"그런데 너도 마찬가지인 것 같네."

그 문장에서 더 말하지 않은 서운함과 배신감이 느껴졌다. 나를 좋아한다고, 꼭 도와준다고 해 놓고 어떻게 이럴 수 있냐는 비난. 윤화가 먼저 자리에서 일어났다. 뒤따라 일어서고 싶었지만 몸이 움직이지 않았다. 윤화는 떠났고, 나는 그 자리에 붙박여 있었다.

그날 이후 우리는 공원에서 만나지도, 문자로 연락을 남기지도 않았다. 나와 만나는 두 시간을 제외하면 윤화는 거의 집에 있었으므로 나는 윤화가 어떻게 지내는지 알 방법이 없었다. 많이 상처받았을까, 혹시 이대로 정말 다 포기해 버리는 건 아닐까. 뒤늦게 초조한 마음과 별개로 나는 학교에서 목소리를 내기 시작했다. 1학년 때 윤화가 그랬던 것처럼 친구들에게 유령보호소 설립 반대 서명서를 받고, 선생님께 자문을 얻고, 뜻이 맞는 아이들과 머리를 맞대며 항의 편지를 썼다. 교문에 편지함을 설치하자는 의견이 나온 것도 그 무렵이었다. 편지함은 사흘도 지나지 않아 꽉 채워졌다. 양손 가득 편지를 들고 우체국에 가는 동안 나와 다른 친구들은 웃다가 울다가 하며 기뻐했다.

"윤화한테 알려 주자!"

국회의장 앞으로 편지를 부치고 돌아오는 길에 누군가 말했다. 윤화에게 편지함 이야기를 해 줄 사람으로 아이들은 자연스럽게 나를 꼽았는데, 주기적으로 윤화와 만나 소식을 나누는 사람이 나뿐이라고 생각했기 때문이었다. 그 유일한 사람마저 윤화와 싸우는 바람에 연락하지 않는다는 것도 모르고. 어떻게 둘러대야 하나 고민하는 사이 친구들이 문자로 인증 샷을 보내며 빨리 윤화에게 연락해 보라고 나를 재촉했다. 나중에 따로 하겠다는 말도 먹히지 않았다. 결국 나는 모두가 보는 앞에서 모두가 정해 준 말로 문자와 사진을 전송해야 했다.

[고마워.]

오 분도 지나지 않아 답장이 돌아왔다. 감사 인사를 읽고 아이들은 흥분했다. 나는 말문이 막혔다. 이렇게 쉬우면 안 되는데. 우리가 싸운 건 겨우 며칠 전 일이었다. 아직 나는 윤화에게 내가 너를 정말 돕고 싶고, 좋아한다고 말할 방법을 찾지 못한 상태였고, 그래서 윤화에게 어떤 말로 화해를 신청해야 하나 고민하고 있었다. 내가 윤화에게 말로 상처 입힌 만큼, 말로 그 상처를 치유해 줄 수 있길 바랐다. 이렇게 등 떠밀려서 어쩌다 보니 화해하는 게 아니라. 하지만 답장을 곱씹을수록 남이 떠밀어 주지 않았다면 내가 먼저 문자를 남길 수 있었을까, 의문이 들었고 나중에는 친구들이 재촉해 준 게 고맙게 느껴졌다. 어쩐지 용기가 나서, 조금 길게 답장을 보내려 할 때였다.

[자세히 듣고 싶은데, 내일 학교 끝나고 잠깐 만날 수 있을

까?]

그 문자를 읽고 나는 내가 윤화와 화해하기를 간절히 바랐다는 걸 깨달았다. 실은 윤화와 다퉜을 때부터 나는 화해를 바라고 있었다. 유령보호소 설립에 직접 항의하기 위해 정보를 찾아보면서, 많은 사람들이 저승에서 돌아온 사람들을 얼마나 미워하는지 알게 된 후에는 더욱더 그랬다. 시간이 없었다. 마치 안대를 벗겨 낸 것처럼 모든 것이 선명해졌다. 나는 아이들이 뭐라고 하든 답장을 보냈다. 만나자고, 얼굴 보면서 이야기를 하자고.

그게 오늘이었다.

그러니까 무언가 듣기 좋은 말을, 그럴싸한 말을 해야 하는데 머릿속을 맴도는 말은 그렇지 않았다. 앞으로 다가올 일을 더 나쁘게 만들 방법만 떠올랐다. 서로를 할퀴고 상처 입힐 방법은 이렇게나 많은데, 왜 상황을 해결하고 더 나은 쪽으로 관계를 이끌 만한 방법은 머리를 싸매도 떠오르지 않는 걸까? 아무리 생각해도 내가 입을 다무는 것밖에 좋은 수가 없다는 의견에 생각이 닿을 즈음이었다.

"눈 떠 보니까 세상이 변했는데 난 뭐가 어떻게 됐는지 몰라. 설명을 들으려고 해도 누구는 이렇다 하고 누구는 저렇다 하고. 당황스럽긴 한데 아는 게 없으니까 화내야 하는지 슬퍼해야 하는지, 어떻게 해야 할지 모르겠어."

"모르면 물어보면 되잖아."

"물어보면 대답을 해 줬을까? 너도 날 꺼리고 있잖아."

"내가? 도대체 언제 널 꺼렸다고 그래."

윤화가 음, 고민하는 소리를 내더니 빙긋 웃으며 말했다.

"지금만 봐도 너, 내 손 안 잡잖아."

머리를 한 대 맞은 기분이었다. 아무것도 쥐고 있지 않았던 왼손이 저절로 펴졌다. 나는 내 손과 윤화를 번갈아 보다가 입을 열었다.

"네가 잡기 싫어하는 줄 알았어."

정말이야, 하고 덧붙이려 했지만 말은 이어지지 않았다. 쿵쿵쿵, 귓가에 심장 소리가 울렸다. 오른손 안에 구겨져 있던 포스터가 갑자기 낯설게 느껴졌다. 윤화와 만났던 공원의 장면들이 스냅 사진처럼 눈앞을 스치는 듯했다. 내가 어떻게 행동했지, 한 번 생각하니 끝이 보이지 않았다.

"사실 너도 내가 어딘가 잘못됐다고 생각했지?"

질문하는 윤화의 목소리는 부드러웠지만, 나는 그 한 마디 한 마디에 얻어맞는 기분이었다. 나는 차마 눈을 마주칠 수 없어서 시선을 윤화의 입술에 고정했다. 저 입에서 나올

다음 말들이 두려웠다.

"언제부턴가 네가 이런 말을 하더라. 고칠 수 있어, 예전으로 돌아갈 수 있어."

"……내가?"

"응. 그래서 계속 생각하게 되더라. 연우도 나를 인정하지 않는데, 나는 어떻게 해야 하지?"

윤화가 잠시 말을 멈췄고, 그제야 나는 꾹꾹 눌러 온 사과를 꺼냈다.

"미안해."

돌이켜 보니 모든 게 사과할 일 같았다. 일단 미안하다고 말했지만 그다음은 어떻게 해야 하는지 알 수 없었다. 어떤 상상을 해도 결말은 최악으로 이어졌다. 이제 친구 하지 말자고 하면 어떡하지? 아무 말 하지 않고 서서히 멀어지는 방식도 끔찍했다. 코끝이 찡했다. 처음부터 내 잘못이었다. 윤화에게 도움이 되리라고 생각해서 저질렀던 일들이 결국 관계를 망가뜨렸다. 내 멋대로 판단할 게 아니라 윤화에게 한 번이라도 물어봤더라면 좋았을 텐데. 이 와중에도 우리를 둘러싼 문제는 점점 커진다고 생각하니 눈가가 시큰했다.

"내가, 함부로 생각했어. 너는 그냥 너인데, 내가 아는 너로 바꾸려고 했어."

또박또박 말하고 싶은데 목이 메어서 자꾸 문장이 끊겼다. 코를 삼키려고 훌쩍거리자 갑자기 눈물이 흘러내렸다. 뺨이 축축해지자 서러움이 북받쳤다. 나는 그냥 너를 좋아해서, 도움이 되고 싶어서, 같이 일상을 살고 싶어서. 정리되지 않은 말이 터져 나왔고 윤화는 묵묵히 그 얘기를 들었다.
 "어휴, 이리 와."
 윤화가 양팔을 벌렸다. 내가 머뭇거리자 윤화가 머쓱하게 팔을 내렸다.
 "미안하다는 말 들으려고 한 얘기 아니야. 그냥…… 너한테는 꼭 이 얘기를 하고 싶었어."
 그 말에 숨겨진 의미는 듣지 않아도 알 것 같았다. 그 뒤로 윤화는 조금 더 말했지만, 내용은 귀에 들어오지 않았다. 지금도 윤화의 표정이 시시각각 변하고 있었다. 데굴데굴 굴러가는 두 눈동자를 보다가 나는 깨달았다. 내가 윤화의 눈치를 살피는 것만큼 윤화도 나를 신경 쓰고 있었다. 문득 웃음이 났다. 왜 웃느냐는 듯 윤화가 고개를 갸웃거렸다. 나는 흠흠, 숨을 고른 뒤 물었다.
 "그럼 지금은 어떻게 하고 싶어?"
 "잘 모르겠어."
 이전과 똑같은 대답이었지만 어쩐지 이 말이야말로 가장

솔직하다는 생각이 들었다. 나는 가만히 그 얼굴을 바라보았다. 가로등 불빛 아래 드러난 윤화의 표정은 어느 한 단어로 꼬집어 설명할 수 없었다. 예전에는 이게 이거고, 저게 저거구나, 빠르게 정할 수 있었는데 지금은 무엇 하나 확실히 말하기가 어려웠다. 윤화가 말했던 것처럼 나도 눈을 떠 보니 세상이 뒤집힌 기분이었다. 모르겠는 일이 산더미였다. 그런데 이상하게도, 모르는 게 많아질수록 기분이 나쁘기는커녕 점점 나아지고 있었다. 해결된 게 하나도 없는데 괜찮다는 확신이 피어났다. 내가 윤화의 기억을 설명하면서 동시에 그 애의 표정을 관찰했던 것처럼 꼼꼼히, 그러나 천천히 배우면 될 거라는 믿음. 나는 조심스럽게 윤화의 양손을 잡았다. 툭, 쥐고 있던 포스터가 바닥으로 떨어졌다.

"이제부터라도 같이 찾아보자."

맞잡은 손은 거칠거칠했다. 오랜 시간 농구공을 만지면서 굳은살이 박인 손이었다. 그 손을 잡으니 알 수 있었다. 윤화는 윤화였다. 예전에 어떤 사람이었는지보다 지금 내 눈앞에 있는 사람이 더 중요했다.

"우리, 할 수 있는 것부터 해 보자."

조금 놀란 얼굴을 하던 윤화가 씨익 웃었다. 가로등 불빛 아래 그림자 진 윤화의 미소가 점점 커졌다. 그 뒤로 점점이

불을 밝힌 아파트 건물이 눈에 들어왔다. 하나하나, 차근차근히. 내가 바닥에 떨어진 별 같은 불빛들을 보는 사이 윤화는 포스터를 주워 쓰레기통에 버렸다. 가볍게 손을 턴 윤화가 아파트 쪽으로 발걸음을 옮겼다. 가로등 밑을 지나는 그림자가 길어졌다. 그 그림자 곁에 살짝 작고 흐릿하지만 나란히 선 그림자가 있었다. 나는 맞잡은 손에 힘을 주며 윤화를 따라 걸었다.

우수상 수상작

몽유

박소원

"악몽 꿨어?"

책상에서 고개를 들자 세나가 걱정스러운 표정으로 나를 보고 있었다.

"아니. 왜?"

덜컥 겁이 나서 교실 뒤를 돌아보았다. 로로는 반 아이들의 로봇들 사이에서 얌전히 고개를 숙이고 있었다. 당연한 건데, 다행이었다. 사실 제대로 잠에 들지도 못했으니까. 그저 눈이라도 감고 있어야 살 것 같아서 무거운 머리를 내려놓고 있었을 뿐이다.

"인상 쓰면서 자길래."

"아……."

내가 인상을 썼구나. 옷 냄새 때문인가. 어쩐지 눈을 감고 있어도 얼굴 근육이 불편하더라니. 검은 태블릿 화면에 얼굴을 비춰 보았다. 볼에 셔츠 주름이 그대로 찍혀 있었다.

볼에 난 빨간 선보다 인상 쓰며 자는 얼굴이 더 보기 싫었던 걸까. 세나가 겨우 그런 의미로 말할 애가 아니라는 걸 알면서 괜한 자격지심이었다. 나와 달리 세나는 의도를 숨겨서 말하지 못한다는 걸 내가 제일 잘 알면서. 몇 달째 제대로 잠을 못 잤더니 점점 예민해졌다. 걱정해 준 친구에게 고맙다는 인사는커녕 이런 생각이나 하고 있다니.

힐끗 옆을 보니 세나는 벌써 교과서로 시선을 돌리고 수업 준비에 집중하고 있었다. 이 시국에 인상을 쓰며 자는 모습을 보고, 혹여나 불안했을까 걱정했는데 다행히 그래 보이지는 않았다. 하지만 나는 이다음부터 잠을 잘 때마다 이 말을 떠올릴 것이다. 지금 인상을 쓰며 자고 있는지에 대해서. 불면의 이유가 하나 더 늘어 버렸다.

세탁이 끝났다는 알림에 눈을 떴다. 앞에는 여전히 멀뚱히 서 있는 나의 로로.

"세탁 끝났어."

잠긴 목소리로 로로에게 말했다. 역시나 미동하지 않는 로로.

눈을 조금씩 끔뻑여 빛에 적응하자 로로 목덜미의 빨간 불빛이 눈에 들어왔다. 로로는 오프 상태였다. 물론 온-오프에 상관없이 내 명령은 실패일 것이다. 세탁기 문을 여는 기능이 고장 난 아이니까. 목덜미의 빨간 버튼을 누르자 초록빛이 켜졌다.

"로로, 일어나."

"좋은 하루야."

나보다 주먹 하나 정도 더 큰 철물이 어울리지 않게 부드러운 목소리로 인사했다. 곧 시키지 않아도 알아서 일을 하기 시작했다. 피부를 제외한 대부분이 사람과 같았지만, 관절을 움직일 때 나는 미묘한 기계음만큼은 숨길 수 없었다. 나는 그 소리에 자주 외로워졌다.

주말에 나는 아무것도 하지 않아도 되었다. 로봇들이 있으니까. 밥을 짓는 것도, 설거지를 하는 것도, 빨래를 돌리는 것도, 빨래를 너는 것도, 엄마의 등과 엉덩이에 욕창이 생기지 않도록 몸을 돌려 주는 것도, 가래를 뽑아내는 일도, 대소변을 닦고 치우는 것도 모두. 이 모든 것을 내 로봇 '로로'와 '돌봄 로봇'이 해 주었다. 딱 하나, 로로가 세탁기 문을 열어 주는 것만 빼고.

돌봄 로봇은 바이오센서가 장착된 눈으로 엄마의 상태를 살폈고, 로로는 나에게 다가와 아침이자 점심으로 무엇을 먹을지 물었다. 가슴에 장착된 디스플레이에 음식 종류가 떴다. 로로의 추천은 대부분 실패하지 않는다. 내 머릿속에서 그대로 가져오는 거니까 실패할 수가 없다. 최근에 생각했던 빨간 음식들이 로로의 가슴팍에 나타났다.

비빔면, 매운 갈비찜, 떡볶이.

이 중에 가장 싼값에 먹을 수 있는 것은……. 나는 비빔면을 누르고, 가장 재료가 적게 들어가는 레시피를 선택했다. 로로는 레시피에 필요한 재료를 훑어보고는 냉장고에 없는 오이를 최저가로 찾아서 주문했다. 오이가 배달 오는 동안에도 나는 몸이 께느른해서 움직일 수 없었다. 같은 자세로, 계속 세탁기 쪽만 바라보았다.

'열어야 하는데…….'

여전히 누운 채.

'물 곰팡내가 날 텐데…….'

아직도 몸이 무거웠다.

'일어나야 하는데…….'

침대가 나를 더 깊게 끌어당겼다.

창에서 떨어지는 햇빛의 각도가 빠르게 변했다. 최저가의 오이가 도착하고, 로로가 물을 끓여 면을 삶는 동안 나는 눈을 그저 몇 번 끔뻑였고, 허리에서 뚝 소리가 나도록 몸통을 좌우로 공평하게 틀어 스트레칭했다. 로로가 완성된 비빔면을 조심스럽게 접시에 담는 사이, 돌봄 로봇은 로로보다 훨씬 섬세한 손가락으로 엄마의 몸을 젖은 수건으로 깨끗하게 닦아 주었다. 한 달에 한 번씩 전문가가 관리해 주는 렌탈 의료 기기인 돌봄 로봇은 잔고장도 없이 착실하게 엄마를 보살폈다. 문이 꾹 닫힌 세탁기를 아무렇지 않게 지나치는 로로와 달리.

꿉꿉한 세탁기 속에서 곰팡이가 슬고 있을 옷들을 애써 잊고 젓가락을 들었다. 비빔면은 새콤, 달콤, 매콤했다. 오이가 살짝 무른 것만 빼면 모든 것이 완벽했다. 부스러기에 가까운 짧은 면까지 전부 긁어 먹고 로로가 설거지까지 다 한 뒤에야 나는 겨우 일어나 몸을 일으켰다.

엄마 곁으로 천천히 다가갔다. 이따금 그 짧은 동선 속에서도 더럭 겁이 났다. 다행히 엄마의 흉부는 미세하게 오르내리고 있었다. 나는 그 옆에 앉아 젖은 수건으로 엄마의 얼굴을 닦아 주었다. 돌봄 로봇의 케어 덕분에 나보다 더 반질한 그 얼굴을 꼭 한 번씩 더 닦았다. 꼼꼼히 그리고 조심스럽게. 로션까지 발라 주고 난 뒤, 비척비척 세탁기 앞으로 걸어갔다. 습기가 가득 찬 드럼 세탁기 문을 열자 로로도 그제야 그 앞으로 다가왔다. 로로가 열심히 세탁물을 건조대로 옮기는 모습이 괜스레 얄미웠다.

우리 집은 건조기가 없어서 세탁을 하고 나면 빨래를 널어놓은 건조대 때문에 거실 공간이 좁아졌다. 요즘엔 세탁기와 건조기가 합쳐지지 않은 제품을 찾기가 더 어려웠지만 집주인은 세탁기라도 있는 게 어디냐는 태도였다. 로로에게 습도 조절 기능이라도 있어서 다행이었다.

그래도 로로가 몽유병에 걸린다면, 제발 세탁기 문부터 열어 줬으면 좋겠다. 그렇게 생각하면서도 밤이 되면 나는 로로 목덜미의 버튼을 꾹 누르고 이불 속으로 들어갔다. 졸리지 않았지만 갈 수 있는 곳이 이불 속밖에 없었다.

생각은 생각을 물고 늘어져 쉬이 잠이 오지 않았다. 잠을 자지 않고 얼마나 버틸 수 있을까. 기절하듯 잠들면 꿈을 꾸지 않을 수 있을까. 푹 자고 싶다는 마음과 잠들면 안 된다는 양가적인 감정이 오르내렸다.

반년 전 모두가 잠든 밤, 갑자기 로봇들이 거리를 배회하기 시작했다. 어떤 로봇은 길고양이들을 불러 모아 밥을 주었고, 어떤 로봇은 높은 나무 위에 올라가 그저 앉아 있었다. 또 다른 로봇은 편의점에 들어가 소화할 수도 없는 음식을 입속으로 마구 쑤셔 넣었고, 아니면 강남 한복판의 건물을 부수거나 누군가의 집에 들어가 폭행을 저질렀다. 로봇이 인간을 해쳐서는 안 된다는 기본 원칙 따위 원래 없었던 것처럼 로봇들은 다양한 방식으로 인간들을 해쳤다.

로봇들의 이상 행동은 주로 밤이나 새벽에 일어났다. 이상 로봇들은 대체로 주인 없이 혼자 어둠 속을 돌아다녔다. 국가와 기업에서는 빠르게 이상 로봇들을 회수하여 원인을 밝혀냈는데, 바로 주인 인간과 동기화되는 과정 중에 감정 및 사고 교류가 이루어졌다는 것이었다.

문제는 인간 뇌에 이식한 칩 때문에 발생했다. 4세대 로봇부터는 뇌와 로봇을 바로 연결하는 칩이 생겼고, 대부분의 사람은 4세대 이후 로봇을 사용하고 있었다. 인간의 뇌와 연결된 로봇은 주인과 쉽게 동기화되었다. 의식을 넘어선 무의식까지도.

의식에서 밀려난 무의식은 위험한 놈들이었다. 그것들은 인간의 꿈으로 나타났고, 잠들어 있던 로봇들은 일어나 인간들의 꿈을 그대로 현실에 옮겼다. 그것이 무엇이든. 국가에서는 이 현상을 '로봇 몽유병'으로 명명했다.

물건들이 사라지거나 부서지고, 작은 동물부터 사람까지 많은 생명이 목숨을 잃고, 커다란 건물이 테러를 당해도 인간들은 차마 로봇을 버릴 수 없었다. 요리와 청소는 기본이고, 비가 오면 우산을 씌워 주고 슬프면 상황에 맞게 영상을 재생해 주며 주변 온도와 습도까지 적절히 조절해 주는 이 고철에 인간들은 너무 쉽게 적응해 버렸다. 로봇이 보급된 지 5년 만에 인간들은 스스로 손을 잃었다. 이제 로봇은 가전제품을 넘어서 가족이나 친구, 혹은 또 다른 '나'였다.

금요일 수업이 끝나자마자 세나가 다가왔다.
"한별아, 넌 어떻게 할 거야?"
"당연히……."
불빛을 든다. 광장에 모인다. 우리의 의견을 말한다. 우리의 목소리를 세상이 듣는다.
세나는 똑똑하고 정의로운 친구였다. 대학생이 읽을 법한 두꺼운 철학책도 많이 읽고, 나는 잘 알지 못하는 역사도 잘 알고 있었다. 사회적 문제에 늘 관심을 갖고 탄원서에 이름을 더하거나 후원도 주저하지 않았다. 작은 불의에도 앞장서서 크게 화를 낼 줄 알았다. 그러니 세나가 하는 말은 맞을 것이다. 세나가 가는 길이 옳을 것이다. 그 길을 따라가면 나도 조금은 정의로워질 수 있지 않을까.
"가겠다는 거지?"
나는 고개를 주억거렸다. 세나만큼 큰 뜻은 없을지라도 참여하고 싶었다. 오랜만에 무기력한 주말에서 벗어나고 싶기도 했고, 무엇보다 같이 갈 친구가 많을 텐데 나에게 가장 먼저 물어봐 준 세나가 고맙기도 했다.

"좋아. 그럼 내일 보자!"

세나는 교실 뒤편에 잠들어 있는 자신의 로봇을 깨웠다. 연분홍색 커버를 입히고, 다양한 액세서리로 꾸민 세나의 로봇 옆에는 검정 커버만 덮은 로로가 살짝 삐뚜름하게 앉아 있었다. 세나의 로봇이 일어서면서 로로가 조금 더 기울어졌다.

모두가 교실을 나간 뒤 천천히 로로에게 다가갔다. 등허리 쪽 단자에 충전 케이블이 아슬아슬하게 매달려 있었다. 수업 시간 동안 완전히 충전되었어야 할 로로의 배터리는 겨우 15%에 그쳐 있었다.

주말이 되자 광장에는 많은 사람들이 모였다. 나는 광화문역 앞에서 두리번거렸다. 지하철역에서 올라오는 사람들에게 이리저리 치여 정신이 하나도 없었다. 어느새 손에는 호외 전단지를 들고 있었고 나와 로로는 점점 구석으로 밀려났다. 나는 넘어지지 않게 발목에 힘을 꽉 주었다.

역에서 사람들이 끊임없이 나왔다. 사람들 옆에는 대부분 로봇이 함께했지만, 간혹 로봇 없이 혼자 온 경우도 있었다.

강경한 로봇 폐기론자일 터다. 하지만 이미 모든 시스템이 로봇과 연계되어 있는 지금, 로봇 교체가 아니라 아예 없애자는 것은 현실과 너무 동떨어져 보였다.

"로봇 없이 어떻게 여기까지 오셨지. 지하철도 타기 어려웠을 텐데."

사람들의 소음 속에서 내 혼잣말은 손쉽게 묻혀 버렸다. 마이크를 잡은 여러 사람의 목소리가 여기저기서 산발적으로 튀어나왔다.

"4세대 로봇을 모두 폐기하라!"

"인간을 인간답게! 로봇을 로봇답게!"

"살인 로봇의 본체 인간을 처벌하라!"

한데 엉킨 목소리들이 공중에서 싸우다가 흩어지기를 반복했다. 로봇 디스플레이에 구호를 띄운 사람들이 저마다의 깃발을 따라갔다. 그중 '청소년자유연대'라고 적힌 깃발에 시선이 멈췄다. 깃발 아래에서 단정한 흰 셔츠를 입은 세나가 머리 위로 손을 크게 흔들었다. 이 군중 속에 내 편이 있다는 사실이 무척 반가웠다.

"찾는 데 힘들었지."

완전히 가까워진 다음에야 세나의 목소리가 겨우 들렸다. 세나는 마치 좋아하는 가수 콘서트에 온 것처럼 들떠 보였다. 양손에 커다란 피켓까지 직접 들고 있었다. 하드보드지에 색종이를 오리고 붙여 직접 만든 것이었다.

〈우리에게는 '꿈'을 꿀 자유가 있다.〉

유독 앞 단어가 큰 글씨로 쓰여 있었다. 처음 만들어 봐서 글자 분배에 실패한 듯했다. 그 옆의 로봇 디스플레이에는 오차 없는 글씨 크기로 같은 내용이 떠 있었다.

"드레스 코드 잘 맞춰 왔네!"

나는 세나의 말에 누렇게 변색된 흰 티셔츠의 목덜미를 손으로 가리고 멋쩍게 웃었다. 세나는 로봇까지 드레스 코드에 맞춰 같은 흰 셔츠로 입혀 왔다. 키도 비슷한 둘은 꼭 쌍둥이 같았다. 기본 검정 커버만 씌운 로로를 어딘가로 숨기고 싶었다.

흰색 무리와 검정 커버를 입은 로봇은 다 함께 또 다른 시위대 속으로 들어갔다. 대부분 중학생과 고등학생이었지만, 어른들도 꽤 많았다. 우리가 속한 시위대는 큰 소리로 공중을 향해 소리쳤다.

"기업은 책임지고 로봇을 전부 교체하라!"
"국가는 부작용을 인정하고 백신 접종을 중지하라!"

로봇 몽유병이 발현된 지 두 달 만에 국가가 해결책으로 내놓은 것은 꿈을 없애는 백신이었다.

　로봇 제조 기업들은 로봇 몽유병에 대해 초반부터 개인의 문제로 발 빠르게 입장을 표명했다. 이 현상은 살인, 강간, 폭행 등의 폭력적이고 잔인한 꿈을 꾸는 개인의 잘못이므로 기업 측에서 범죄적인 부분까지 책임질 의무는 없다는 것이었다.

　이런 상황에서 사람들은 갑론을박을 벌였다. 로봇을 전량 교체해야 한다는 의견부터, 범죄 피해자는 어떻게 보상받아야 하는지, 범죄 로봇의 주인을 처벌할 수 있는지, 어떤 수준의 처벌이 합당한지에 대해서까지.

　모든 토론은 의미 있었지만, 결국 책임지는 이들은 없었다. 상황은 점점 악화되었고, 세상은 필연적으로 어지러워졌다. 그때 등장한 것이 백신이었다. 꿈을 없애는 약.

　꿈을 꾸지 않으면 로봇이 행동을 복사하지 못할 것이고, 이전처럼 문제없이 살아갈 수 있을 것이라는 희망적인 이론이었다. 그러나 백신 접종을 시작한 지 얼마 지나지 않아 제대로 검증되지 않았던 희망은 쉽게 부서졌다.

　백신은 예상치 못한 부작용을 가져왔다. 꿈 억제 백신의 부작용은 다름 아닌 무의식에 잠식된 주체가 로봇이 아니라 그 주인, 인간으로 바뀌는 것이었다. 결국 정제되지 않은 무의식들이 꿈이 아닌 현실로 튀어나왔고, 범죄율은 이전보다 더 빠른 속도로 늘어났다. 악몽 같은 현실에 사람들은 백신을 의심하기 시작했다. 백신을 옹호하는 몇몇 전문가는 이 사태를 '백신의 부작용을 빙자한 개인의 범죄가 대다수'라고 말했지만, 그들조차 모든 확률을 부정하지는 못했다.

미성년자인 우리는 아직 백신 접종 대상자가 아니었다. 로봇 이용 빈도가 높은 중장년과 청년이 먼저 백신을 70% 이상 접종했으니, 그다음은 우리였다. 정부와 기업은 부작용을 인정하지 않았다. 그게 세나와 내가 광장으로 나온 이유였다.

세나는 부작용이 있든 없든 꿈을 없애는 백신 같은 건 맞고 싶지 않다고 했다. 나는 솔직히 잘 모르겠다. 하지만 부작용이 사실이라면 맞고 싶지 않았다. 매일 같은 꿈을 꾸는 건 끔찍했지만, 그 꿈을 내가 직접 실현하게 되는 건 더욱더 끔찍했다.

"발언하실 분 계신가요?"

발언대에서 마이크를 잡고 있는 사람은 대학생이었다. 까랑까랑한 목소리가 수많은 군중을 단숨에 휘어잡았다. 발언대가 높아서 그런지 더 대단해 보였다. 그때 누군가 손을 들고 발언대로 올라갔다. 풍채가 있는 중년 여성이었다. 그가 입을 열자 방금까지 군중을 진두지휘하던 대학생의 눈동자가 흔들리기 시작했다.

"저는 살인자의 엄마입니다."

이것이 그의 첫마디였으므로.

"우리 아들이 시청에서 그런 짓을 한 건 다 이 백신 때문입니다! 우리 아들이 무슨 죄가 있습니까! 원래 커터 칼도 무서워서 못 드는 애입니다. 백신 때문이 아닐 리가 없습니다. 우리 아들이 어렸을 때는……."

그는 일주일 전, 시청에서 칼부림으로 열세 명의 사망자를 낸 살인자의 엄마였다. 그는 높은 발언대에서 눈물을 흘리며 무려 십 분 넘게 자신의 아들을 변호했다. 원래 얼마나 순한 아들이었는지, 이 백신이 얼마나 위험한지, 지금 갇혀 있는 아들이 얼마나 안쓰러운지. 그의 흔들리는 목소리에 피해자를 향한 죄책감은 전혀 담겨 있지 않았다.

함께 발언을 듣던 사람들의 표정이 구겨졌고, 그 속에서 나는 몸이 점점 굳어 갔다.

살인자의 엄마는 거의 끌려가듯 발언대에서 내려갔다. 아무리 엉성한 말들도 깔끔하게 포장해 주었던 대학생도 많이 당황한 듯 말을 얼버무렸다. 그렇게 시위는 얼떨떨하게 마무리되었다.

세나는 집으로 돌아가는 길 내내 인생 첫 시위가 흐지부지되었다며 아쉬워했다. 그러다가도 금방 미소를 되찾고는 조잘댔다.

"그래도 나, 이 피켓 좀 잘 만들지 않았어?"

〈우리에게는 '꿈'을 꿀 자유가 있다.〉 피켓을 흔들면서 자랑스럽다는 듯 웃었다. 나는 억지로 입꼬리를 올려 보았지만 그럴수록 얼굴 근육은 딱딱해졌다.

"그거 알아? 꿈에는 두 가지 의미가 있잖아. 잘 때 꾸는 거랑 미래에 이루고 싶은 거. 그런데 이건 모든 나라 언어가 다 그렇대. 한 단어에 두 가지 의미가 있는 거 말이야. 영어의 드림(Dream)도 잘잘 때 꿈, 미래의 꿈, 이렇게 두 개인 것처럼! 여기 작은따옴표로 그 상징을 좀 담아 봤지. 우리는 어떤 꿈이든 꿀 수 있는 미래가 창창한 청소년이니까!"

피켓 속 글씨 '꿈'을 가리키며 세나는 꿈 많은 아이처럼 웃었다. 세나는 어떤 꿈을 꿀까. 분명 저 해사한 미소 뒤에는 밝은 꿈만 있을 것 같았다. 그래서였을까. 순간적으로 날카롭게 말이 튀어나왔다.

"넌 늘 좋은 꿈만 꿔?"

하지만 세나는 어떤 말이든 둥글게 받아 내는 재주가 있었다.

"그럴 리가! 나도 나쁜 꿈 꾸지."

"세나 네가 나쁜 꿈을 꾼다고?"

"야, 당연하지. 인간은 원래 다들 나쁜 꿈 꿔. 그리고 무의식이 뭐 내 맘대로 조종이 되는 거냐. 그랬으면 로봇 몽유병 같은 일들도 없었겠지. 원래 무의식이 의식보다 훨씬 더 크고 깊다고 하잖아. 나도 모르게 나쁜 꿈을 더 많이 꿨을지도 모르고."

"어떤…… 꿈?"

"에이, 그건 비밀이지!"

비밀. 세나와 어울리지 않는 단어였다. 아니면 혹시 세나에게도 내가 모르는 판도라의 상자가 있는 걸까.

"그럼…… 사람 죽이는 꿈도 꾼 적 있어?"

"물론이지! 넌 없어?"

너무 담대한 세나의 대답에 나도 모르게 고개를 저었다.

"와, 역시 뼛속까지 착한 한별이! 나는 그런 꿈 꽤 자주 꾸는데."

속이 울렁거렸다.

"……진짜?"

"아, 그렇다고 내가 막 사람 죽이고 싶다는 건 아니야! 모든 꿈이 내 소망이나 현실을 반영하는 건 아니잖아. 그냥 전

날에 본 영화 영향일 수도 있고, 뉴스에서 본 걸 수도 있고, 스트레스받아서 꾼 걸 수도 있고. 왜? 그게 갑자기 궁금했어?"

나는 대체 어떤 기대를 한 걸까. 혹시 이상한 말이 튀어나올까 봐 입을 꾹 닫고 멋쩍게 웃었다.

"하긴, 오늘 나도 생각이 많아졌어. 그 아줌마 보고……. 그렇지만 그 사람은 진짜 소망했으니까 그랬던 거지. 못 참을 정도로 막. 어떻게 사람을 죽이고 싶다는 생각을 하지? 으 무서워! 우리가 꾸는 꿈은 그냥 개꿈 같은 거잖아. 아, 근데 막 사람 죽이는 개꿈을 내 로봇이 그대로 행동해 버리면 진짜 소름이긴 하다."

세나가 양팔을 감싸안고, 소름 돋은 팔을 문질렀다. 나는 시선을 바닥으로 돌렸다. 숨이 막히고 목뒤가 뻣뻣해졌다. 그런데 세나는 왜 자꾸 '우리'라고 하는 걸까.

세나와는 식물 카페 앞에서 헤어졌다. 식물들이 내는 파릇한 향기는 세나를 닮아서, 바람도 세나를 향해 불었다. 모든 푸르고 신선한 향기는 나와 반대쪽으로 향했다.

그날 밤, 눈을 감았지만 역시나 잠에 들지 못했다. '미래가 창창한 청소년'이라는 세나의 목소리가 계속 맴돌았다. 세나는 꽃을 매만지는 시인이 되고 싶다고 했다.

"섬세한 손길과 섬세한 언어가 필요한 일을 할 거야."

아무리 로봇이 발달해도 사람이 가진 근육의 섬세함은 따라잡지 못할 거라며, 자신은 최고의 플로리스트 시인이 될 거라고. 미술 시간에 보았던 세나의 그림이 생각났다. 굵직하고 투박한 선으로 그린 풍경화였다. 세나의 손재주는 그다지 섬세하지 못했다. 옆에서 돌봄 로봇이 엄마의 몸을 살며시 뒤집었다. 돌봄 로봇의 손가락이 유연하게 구부러졌다. 엄마는 눈을 두 번 끔뻑였다. 세나에게 돌봄 로봇을 보여주고 싶어졌다. 간병에 특화된 로봇이 얼마나 부드럽게 움직이는지 알고도 같은 꿈을 꿀 수 있을까. 그럼에도 매사 긍정적인 세나라면 또 다른 미래를 찾아낼 것이다. 창창한 미래를.

창창한 미래라는 말이 자꾸 내 머릿속을 헤집어 놓았다. 같은 말을 반복하다 보니 원래 알던 단어가 아닌 것도 같았다. 정확히 무슨 뜻인지 알고 싶어서 사전 앱을 켰다. 정말로 내가 모르던 의미가 있었다.

창창하다
1. 바다, 하늘, 호수 따위가 매우 푸르다.

2. 나무나 숲이 짙푸르게 무성하다.

3. 앞길이 멀어서 아득하다.

4. 빛이 어둑하다.

이십사 시간 늘 작동 중인 돌봄 로봇 덕분에 엄마는 냄새도 나지 않고 늘 말끔했다. 하지만 엄마가 멀쩡해 보일수록 겁이 났다. 엄마가 식물인간이 되고 2년 동안은 기대하기도 했다. 어느 날 갑자기 일어나 웃으며 농담할 것 같다는 기대. 그날 일도 갑자기 벌어졌으니까. 불가능한 일도 아니라고 생각했다.

3년 전 그날의 일은 사고도, 사건도 아니었다. 재앙이었다. 어떤 예고도 없이 찾아오는 재앙. 사실 징조가 있었는데 내가 무심했던 것일 수도 있다. 하지만 엄마는 정말 뜬금없는 순간에 쓰러졌다. 햄버거를 먹으며 햄버거는 왜 버건디 색이 아닐까 하는 말도 안 되는 농담을 하다가. 그래서 의자가 뒤로 넘어갔을 때, 그것마저도 몸 개그인 줄만 알았다. 이렇게 오래 누워 있게 될 줄 상상조차 못 하고 재미없다며 비난한 게 엄마와의 마지막 소통이었다.

초반에는 거의 엄마 옆에 붙어 있었다. 돌봄 로봇이 있어도, 손발톱 깎기나 세수와 빗질 같은 것은 내가 직접 했다. 가끔은 엄마가 좋아했던 시를 읽어 주기도 하고, 노래도 들려주었다. 그러면 금방 일어날 수 있을 거라 생각했는데……. 하지만 이제는 기대하지 않는다. 나보다 깔끔한 겉모습을 하고 있어도 더 이상 엄마는 일어날 수 없다는 걸 안다. 그 사실을 상기할 때마다 목구멍이 꽉 막힌다. 무섭다. 마법을 믿었던 어렸을 때로 돌아가고 싶다. 그러나 기계들의 소리는 나를 자꾸 현실로 데려온다. 엄마의 멀쩡한 외양은 잠깐이라도 방심하면 무너지고 말 것이다. 돌봄 로봇의 움직임이 멈추면 곧 집 안은 불쾌한 배설물 냄새로 가득 찰 것이다.

나는 구직 앱에 들어갔다. 대부분의 서비스직이 로봇으로 대체된 지금, 사회 초년생이 들어갈 수 있는 자리는 거의 없었다. 게다가 돌봄 로봇의 유지비는 최저 임금으로 해결할 수 있는 금액도 아니었다. 아직까지는 미성년자라 정부의 보조금으로 해결할 수 있다지만, 1년 반이 지난 이후에는 어떻게 해야 할지 막막했다.

세나의 앞길은 1번과 2번의 창창함이었고, 내 미래는 3번과 4번이었다. 눈을 떠도, 눈을 감아도 모든 곳이 아득했다.

일주일 동안 열 시간을 겨우 잤다. 꿈이 시작되면 그때부터는 자고 있어도 피로가 심해졌고, 잠에 들지 못하면 끝없는 생각의 굴레에 갇혀 고통스러웠다. 어느 날은 모래처럼 부서질 것 같다가도 어느 날에는 바위가 된 것처럼 움직이는 것조차 힘들었다. 선생님과 친구들의 목소리 모두 깊은 물속에서 말하는 것처럼 몽롱하게 들렸다.

주말을 앞두고 세나는 또다시 물었다. 이번에 나는 고개를 저었다.

"왜, 무슨 일 있어?"

"그냥, 공부하려고. 곧 고 삼이잖아."

"갑자기? 하지만……."

세나는 말하고 싶었을 것이다. 공부보다 중요한 것이 있다고, 우리가 나서지 않으면 결국 우리에게 화살이 돌아오고 말 거라고, 공공의 문제를 개인에게 돌리고 있는 이 무자비한 상황에 우리가 힘을 합치지 않으면 안 된다고, 우리에게는 세상을 바꿀 힘이 있다고.

뒷말이 무엇일지 전부 가늠이 되어서 나는 말을 끊고 일어서 버렸다. 세나는 똑똑한 아이니까 그 말이 다 옳을 것이다. 그래서 더는 듣고 싶지 않았다.

"나 잠을 너무 못 자서."

그건 사실이니까. 누가 봐도 나는 잠이 필요한 상태였으니까. 이런 핑계라면 더 이상 붙잡지 못하겠지 싶었는데, 의외로 세나는 비장하게 내 앞을 막아섰다.

"너 나한테 서운한 거 있지?"

세나는 숨기는 법을 몰랐다. 감정도, 지식도, 가치관도, 가정 환경, 친구 관계 모든 부분에서 투명했다. 그게 내가 세나를 좋아하는 이유이자 불편한 이유였다.

"……아니, 내가 왜?"

"그런데 왜 자꾸 나 피해?"

일주일 동안 대화를 은근히 피해 온 것을 눈치챈 모양이었다.

"안 피했어."

"거짓말."

세나가 상처받은 얼굴을 했다. 그 표정을 보니, 화가 났다. 고작 이런 걸로 상처받는 공주 같은 아이에게 나는 진짜 상처가 무엇인지 보여 주고 싶어졌다.

"……오늘 우리 집 갈래?"

세나와는 식물 카페 앞에서 갈라지지 않고, 함께 같은 방향으로 향했다. 풋풋한 향기의 반대 방향으로. 엄마가 식물 인간이 된 이후로 누군가를 집에 초대한 건 처음이었다. 심장이 떨려서 뱃속이 간질거렸다. 긴장인지 설렘인지 알 수 없었다. 나는 오래된 현관문을 열고, 신발을 아무렇게나 벗어 놓았다. 세나가 뒤따라 집 안으로 들어오며 밝게 인사했다. 그러나 집 안에는 로봇의 옅은 관절 소리 외에 어떤 기척도 없었다.

"아무도 안 계셔?"

세나가 소곤거리며 물었다.

"아니. 인사는 얼굴 보고 해."

좁은 거실을 지나, 엄마가 누워 있는 방으로 들어갔다. 마침 돌봄 로봇이 배설물을 정리하고 있었다. 세나는 잠깐 굳었다가 금방 아무렇지 않은 척 살갑게 엄마에게 인사했다.

"안녕하세요. 저 한별이 친구 세나예요. 조용히 놀다 갈게요."

엄마는 눈을 한 번 천천히 감았다 떴다.

세나는 아무것도 묻지 않았다. 선생님이나 반 친구들에 대한 소문, 연예인 이야기처럼 학교에서도 할 수 있는 수다만 떨었다. 함부로 남의 가정사를 캐묻는 애가 아니니까, 배려심이 넘치는 아이니까. 그러나 내가 하고 싶은 이야기는 그런 시시한 것들이 아니었다. 나는 배려받고 있는 이 기분이 너무 역겨워서 견딜 수 없었다. 너무 투명해서 아름답고 너무 투명해서 전부 깨뜨리고 싶었다.

나는 세나 같은 아이에게 상처 주는 방법을 잘 알았다.

"난 매일 무서운 꿈을 꿔."

그건 바로 나 스스로를 파괴하는 것이다. 내가 다치면 다칠수록 세나의 투명 구슬에는 상처가 날 것이다. 믿어 왔던 친구가 실은 누구보다 부도덕한 인간이라는 사실을 알게 되는 순간, 너의 세계는 어떻게 무너질까.

"꿈에서도 나는 매번 똑같이 침대에 누워 있어. 이게 꿈인지도 모르게."

매일 꾸는 꿈에도 나는 늘 속는다. 돌봄 로봇의 미세한 관절 소리가 사라진 집이 너무 조용해서 눈을 뜬다. 침대에 누워 있으면 엄마의 방이 바로 보인다. 엄마 옆에 주저앉아 있는 돌봄 로봇의 목덜미에는 빨간색 불빛이 들어와 있다. 엄마는 눈을 깜빡이며 구조 신호를 보낸다. 나는 침대에 누워 움직이지 못한다. 시간은 빠르게 흐르고, 간병해 주는 존재가 사라진 엄마는 빠르게 상해 간다. 나는 다 돌아간 세탁기를 방치하듯 엄마를 방치한다. 엄마의 몸은 점점 문드러지고, 녹아내린다. 바닥은 이미 오물로 가득하고, 방 안에는 썩은 내가 진동한다. 나는 온 힘을 다해 움직이려 하지만 그럴수록 몸은 침대 속으로 파묻힌다. 엄마는 진흙이 되어 가고,

나는 바위가 되어 간다.

"결국 엄마가 완전히 사라지고 나면 겨우 잠에서 깨. 결말을 보고 싶지 않아도 늘 결말까지 보고야 말아."

정적.

"……아침마다 혹시 로로가 무슨 짓을 했을까 봐 무서워."

"로로가…… 무슨 짓을 할 것 같은데?"

세나의 목소리가 흔들렸다.

"돌봄 로봇의 전원을 끄는 거."

우리는 서로 눈을 마주보았다. 세나의 눈에 나를 향한 혐오, 또는 죄책감이 담겨 있기를. 그러나 그 속에는 오로지 나뿐이었다. 맑고 뜨거운 그 눈 속에서 내가 어지럽게 일렁였다.

"차라리 로로가 몽유병에 걸려서 모든 것이 끝났으면 좋겠어."

목구멍에 커다란 돌멩이가 걸려서 목소리가 자주 끊어졌다. 세나는 아무 말 없이 내 옆으로 밭게 다가와 앉았다. 창에서 햇빛이 낮게 들어와 그림자가 길게 졌다. 우리는 서로의 그림자를 공유하며 오래 앉아 있었다. 그림자가 어둠 속에 숨어 버리고, 배가 고파질 때까지.

우리는 같이 아주 매운 라볶이를 먹었다. 빨간 떡, 어묵 그리고 면발이 후련해진 뱃속으로 끊임없이 들어갔다. 입술이

퉁퉁 붓고, 속이 뜨거웠다. 세나는 쿨피스 한 통을 다 마시고 바닥에 대자로 누웠다. 먹고 바로 누우면 식도에 좋지 않다고 말하려다가 나도 그냥 함께 누워 버렸다.

"나 오늘 자고 갈까?"

"너 부모님 엄하다 그러지 않았어?"

"그건 그래. 나중에 허락받고 올게."

"그럴 거면 왜 물어봤냐."

나는 세나를 장난스럽게 째려보았고, 세나는 자신이 위선자라서 어쩔 수 없다며 맞받아쳤다. 그러면서도 이제까지 아무 말 하지 않은 나를 타박했다. 나는 여전히 세나처럼 정직하지 못해서 다음에는 정중하게 초대하고 싶다는 말을 삼켰다.

세나가 돌아간 후, 나는 오랜만에 엄마 곁에 누웠다. 살을 맞대고 누워 가만히 천장을 바라보았다. 그러다 어느새 잠에 들었다. 누군가 이불을 덮어 준 것 같다. 약간의 기계음이 곁을 지나쳤다. 솜이불의 적당한 무게가 편안하게 내 몸을 눌러 주었다. 엄마의 편안한 숨소리를 들으며, 나는 오랜만에 긴 잠을 잤다.

박선혜

긴 불면의 밤을 보내며 이 작품을 썼습니다. 잠에 들어도 악몽을 꾸던 날들이었어요. 지금은 악몽과 손잡고 잠에 듭니다. 현실이 조금은 산뜻해지도록.
무거운 현실 속에 잠긴 이들에게, 저의 짧은 글이 단잠이 되었으면 좋겠습니다. 내일은 더 가벼워질 수 있게.

몽유

우수상 수상작

고백
시나리오

배미

얼마나 이날을 기다렸는지 모른다.

나인은 볼이 불룩해지도록 숨을 내뱉었다. 흘러내린 머리카락을 무심코 귀 뒤로 넘기다가 나뭇잎 모양의 귀걸이에 손끝이 닿았다. 무언가 달린 귓불이 어색했다.

곧 건물에서 수많은 사람이 몰려나왔다. 반바지에 흰색 티셔츠 차림의 정후가 한눈에 보였다. 나인이 손을 흔들자 정후가 달려왔다.

"뭐 그렇게 오래 걸려."

나인이 앞서 걸어가며 말했다.

"미안. 화장실에 사람 엄청 많아. 강사 아저씨가 유명하긴 한가 봐."

나인과 정후가 다니는 로봇 학원에서 특강이 열렸다. 둘은 눈동자가 파란 미래학자가 진행한 '휴머노이드의 미래'라는 강연을 막 들은 참이었다.

"충격적이지 않냐. 휴머노이드가 대신 시험 봐 주는 대행 서비스도 곧 생긴다는 게."

정후가 바지 주머니에 손을 찔러 넣었다. 정후는 프로그램을 로봇에게 입력하고 결과를 보는 과정이 좋았을 뿐, 로봇이 가진 가능성은 미처 생각하지 못했다. 강연대로라면 조만간 로봇이 세상을 쥐락펴락할 것만 같았다.

"그게 뭐."

나인은 땀으로 축축한 손바닥을 몰래 털었다.

"아무리 뇌를 스캔한다고 해도 로봇이 보는 거잖아. 근데 인정해 준다고? 말도 안 되지. 긴장해서 틀리는 실수도 실력 아닌가."

정후는 강연을 듣는 내내 얼마 전에 먹은 타코를 떠올렸다. 한 달에 한 번 만나는 아빠가 지난달에는 로봇을 대신 보냈다. 아무리 제주도에 있다고 해도 아들을 만나는데 대행 서비스라니. 화면 속 아빠가 점원에게 음식 주문도 해 줬지만 혼자 먹는다는 사실은 그대로였다. 그날 먹은 타코는 진짜 맛없었다.

"대행 서비스가 뭐 어때서."

나인이 울퉁불퉁한 목소리로 말했다.

"오, 구나인. 하겠다 이거지? 하긴 너는 필요하겠다. 툭하면 긴장하잖아. 정후야 나 손에 땀 나아, 떨려 죽겠오오 하면서."

정후는 입술을 오므리며 나인을 흉내 냈다.

나인 입에서 웃음이 나올 뻔했다. 어쩜 저렇게 똑같이 따라 하는지. 하지만 꾹 참았다. 오늘만큼은 진지한 구나인이 되고 싶었다.

"이번에 로봇 손에 땀 나게 하는 프로그램 짜 봐. 나보다 잘할 듯. 크큭."

정후가 장난스럽게 말하고 몸을 움츠렸다. 나인은 별 반응이 없었다. 평소라면 가방이나 하다못해 손바닥이라도 날아오는데 말이다.

지이이잉.

스마트 밴드가 울렸다. 나인이 팔을 돌려 손목 안쪽에 뜬 메시지를 확인하고는 걸음을 빨리했다.

아파트 건물 끄트머리가 보이자 나인이 멈췄다. 그리고 뒤따라오는 정후를 빤히 쳐다보았다. 까무잡잡한 얼굴에 이마를 덮은 머리카락. 정후 눈이 감겼다 떠지며 오른쪽 눈에만 쌍꺼풀이 생겼다. 나인의 심장은 주책없이 쿵쿵거렸다.

요즘 들어 정후가 자세히 보였다. 졸업 뒤에 서로 다른 고등학교에 다닌다는 사실을 알고 나서부터였다. 정후를 더는 못 본다고 생각하자 마음이 뒤숭숭했다.

"잠깐 앉았다 가자."

나인이 등나무 벤치를 가리켰다. 넓다란 의자 네 개가 서로 마주 보고 천장에는 등나무 줄기가 얼기설기 얽혀 있었다. 둘이 다른 친구들과 함께 자주 시간을 보내던 곳이었다. 아파트 진입로에 비껴 있어 사람들이 잘 오지 않는 곳이기도 했다.

"왜?"

"할 얘기 있어."

정후는 등줄기가 싸했다. 할 얘기가 있다로 시작하는 대화치고 좋았던 적이 없었다. 엄마와 아빠가 헤어진다고 말했을 때도 똑같은 말로 시작했다.

나인이 먼저 가서 삼각김밥 포장지와 과자 부스러기로 너저분한 벤치를 정리했다. 정후는 주뼛대며 나인 곁에 앉았다. 나인은 살짝 숨을 들이마셨다. 정후에게서 늘 나는 포근한 섬유 유연제 향이 느껴졌다.

"무슨 말인데. 아까 놀려서 그래? 농담이야 농담."

"너 옛날에 기억나? 나 좋다고 고백했잖아."

나인은 다리를 쭉 뻗고 천장을 올려다보았다. 줄기들 사이로 보랏빛 등꽃이 주렁주렁 피어 있었다.

"내가?"

정후는 눈알을 굴리며 생각하는 척했지만, 선명히 기억했다. 고백을 위해 가져간 작은 상자에서 반지 대신 가짜 뱀이 튀어나왔다. 정후가 잘못 가져온 장난감에 둘 다 울고불고 난리도 아니었다. 그 뒤로 없던 일이 돼서 평범한 친구 사이로 지냈는데, 아직 나인이 기억하는 줄은 몰랐다.

"아마 4학년 때일걸. 미끄럼틀 앞에서."

"흠흠, 몇 년 전 얘기를 하냐. 뜬금없이."

정후는 헛기침하며 시선을 돌렸다.

"근데 있잖아……. 고백하기 직전에 기분이 어땠어?"

나인이 떨어진 등꽃잎을 주웠다.

"고백하기 전? 기억 안 나."

"떠올려 봐. 기분이 어땠냐니까?"

나인은 대답을 듣기 전까지 물러서지 않겠다는 기세로 정후를 뚫어지게 쳐다보았다. 정후는 기억을 더듬었다. 반지 상자를 뒤에 숨긴 채로 나인 앞까지 걸어가던 장면이 떠올랐다. 열한 살의 여름처럼 정후는 지금도 나인의 눈을 마주치지 못했다.

"엄청 떨렸지. 근데 안 하면 후회할 것 같아서 직진했고. 결과는 좀 그랬지만."

나인이 고개를 주억거리더니 싱긋 웃으며 일어섰다.

"여기서 잠깐 기다려."

"갑자기?"

"그냥 좀 기다리라면 기다려 봐."

나인은 둘이 왔던 길을 성큼성큼 돌아갔다. 정후는 나인의 뒷모습을 바라보았다. 귀걸이가 햇빛에 반짝였다. 귀 뚫는 게 무서워서 귀걸이는 절대 안 한다고 했는데. 정후는 괜히 귓불을 매만졌다.

정후가 줄기에 달린 꽃송이를 지루하게 세는 사이, 나인이 돌아왔다.

"나 왔어."

무슨 일이 있었는지 나인은 조금 차가워진 것 같았다. 말할 때마다 장난스럽게 꿈틀대던 눈썹도 지금은 딱딱하게 굳어 있었다.

"너 표정이 안 좋다. 무슨 일 있냐?"

"우리 하얀 거짓말 게임 하자."

"보기 중에서 뭐가 거짓말인지 맞히는 거?"

"응."

학교에서 아이스 브레이킹 한답시고 가끔 했던 게임이다.

어색한 분위기에서나 하는 게임을 왜 하자는지 모를 일이었다. 일단 정후는 고개를 끄덕였다. 싫은 소리보단 나았다.

"첫째, 나는 좋아하는 사람이 있다. 둘째, 같은 학원에 다니는 어떤 애가 너를 좋아한다. 셋째, 그 어떤 애는 귀걸이를 안 했다."

나인이 미리 준비한 대사처럼 거침없이 말했다. 마지막에 안 했다는 말을 할 땐 머리도 좌우로 팔랑팔랑 돌렸다.

"이렇게 바로? 잠깐만."

정후는 나인의 보기를 머릿속에 담느라 바빴다. 보통 하얀 거짓말 게임에는 여름 방학 때 한 일 같은 주제가 있기 마련인데 보기들은 큰 일관성이 없어 보였다. 논리에 유독 약한 나인답다고, 정후는 생각했다.

"너는 내가 아는 사람 중에 가장 표정 관리가 안 돼. 좋아하는 애가 생기면 바로 티가 났을걸? 그래서 첫째가 거짓. 둘째는 충분히 가능하지. 키도 크고 농구도 잘하고 똑똑하고, 푸흐흐. 나 정도면 그럴 수 있어. 둘째는 진실. 마지막으로 귀걸이를 안 했단 말이지. 오늘 지원이가 안 했던데. 설마 걔가 날? 이따가 누군지 말해 줘. 아무튼 정답은 첫째!"

정후는 손가락을 짚으며 한참 떠들었다. 그러다 잔뜩 미간이 구겨진 나인을 보고 나서야 손가락을 접었다.

"화났어? 맞히라고 해서 맞혔는데 왜. 아니면 다른 앤가?"

정후가 고개를 갸웃하는 사이 나인은 금세 덤덤한 표정으로 돌아왔다.

"네 방식대로 말해 줄게. 버그 알지?"

"당연하지."

버그는 어떤 프로그램이 제대로 작동하지 않는 오류를 말한다. 로봇을 만들다 보면 버그는 일상이었다.

"지금 너는 버그를 일으킨 거야. 디버그할 기회를 줄게."

반대로 디버그는 오류를 찾아 없애고 바로잡는 일이다. 지금 나인은 "틀렸어."를 어렵게 말하고 있었다. 게다가 평소 쓰는 말투도 아니었다.

"너 오늘 진짜 이상하다."

"잘 들어. 마지막 기회야."

나인은 차분했다. 속눈썹 한 올도 흔들림이 없어서 마지막 기회가 아니라 마지막 경고 같았다. 정후는 머리를 벅벅 긁었다.

"첫째, 나는 좋아하는 사람이 있다. 둘째, 어떤 애가 널 좋아해서 억지로 같은 학원에 다니고 있다. 셋째, 내가 바로 그 어떤 애다."

정후는 입을 살짝 벌린 채, 세 문장을 차례로 곱씹었다. 셋

째에서 둘째로 돌아갈 때쯤 두 눈이 휘둥그레졌다.

고백. 분명 고백이었다. 안 그래도 요즘 들어 단둘이 보자고 할 때가 많았는데. 정후는 머릿속이 하얘지고 가슴이 쿵쾅거렸다.

"그, 그럼 거짓말이, 없는 거 아닌가. 지금 그게, 중요한 게 아니긴 하지……."

나인은 더듬대는 정후를 쳐다보지도 않고 벌떡 일어섰다.

"거짓말 있어. 넷째, 애들이 놀릴 때마다 그냥 친구 사이라고 한 말. 넷째가 없다고는 안 했잖아."

나인이 휙 돌아서서 아파트 쪽으로 발걸음을 옮겼다. 등꽃과 비슷한 연보라색 원피스가 바람에 살랑였다.

"나인아! 잠깐만!"

정후가 뒤늦게 나인을 쫓아갔다.

같은 시각 어느 사무실, 나인은 벽면을 채운 커다란 스크린 앞을 서성이고 있었다.

'고백 대행 서비스 센터'

정후에게 벤치에서 기다리라고 한 다음부터 나인은 줄곧 이곳에 있었다. 지금 정후 앞에 있는 건, '고백봇'이라고 부르는 휴머노이드였다.

스크린에는 고백봇 눈에 달린 카메라 영상이 실시간으로 중계되고 있었다. 볼이 빨간 정후 얼굴이 화면을 가득 채웠다. 정후는 눈치 없어서 미안해, 고백해 줘서 고마워 같은 말을 주저리주저리 늘어놓았다.

처음 세아가 고백봇을 추천했을 때, 나인은 추천이 미덥지가 않았다. 고백 한 번 못 해 본 세아가 무슨. 그러다 연애 커뮤니티 운영진이 알려 준 정보라는 말을 듣고 나서야 솔깃해졌다. 나인도 들어간 적이 있는 커뮤니티였다. 곧바로 후기를 찾아봤다.

— 고백봇으로 해도 어차피 진심은 통하게 되어 있음.
— 고백봇은 실수 없이 깔끔해요. 편하기도 하고.

그래, 어차피 통할 진심. 좀 더 깔끔한 게 낫지 않을까? 직접 고백하면 떨려서 말만 뱅뱅 돌리거나, 중간에 "됐다. 이 눈치 제로야." 하고 말 듯했다. 설사 고백을 거절당하더라도 로봇으로 장난쳤다고 하면 그만이다. 성공하면 남친 정후가, 실패하면 남사친 정후가 남을 것이다. 고백의 성공과 실패 어디에도 정후를 잃을 일은 없어 보였다.

"성공이에요! 말했죠? 90%라니까요. 고백봇 오면 잘했다고 한마디 해 주세요."

하얀 가운을 입은 여자가 카랑한 목소리로 말했다. 곁에 있는 남자 직원은 손뼉까지 쳤다.

"고객님 축하드려요!"

나인이 미간을 찡그렸다. 옆에서 호들갑을 떠는 바람에 이어지는 정후의 말이 잘 들리지 않았기 때문이다. 나도 네가 좋다는 말을 분명히 듣고 나서야 나인은 안심했다.

이제 고백봇은 정후와 작별 인사를 하고 있었다.

"이게…… 끝이에요?"

나인은 기쁘면서도 얼떨떨했다. 고백은 긴장되고 어려운 일이라고 생각했는데 아니었다. 뭐랄까, 너무 쉬웠다.

"그럼요. 영상으로 직접 보셨잖아요. 당장 오늘부터 1일이니까 캘린더 앱에 기록해 두세요. 조만간 한 달 기념일도 챙기셔야죠, 호호호."

여자는 입을 가리며 웃었다.

"그거 아세요? 제가 고백 시나리오를 여럿 봤는데, 고객님 시나리오가 최고예요. 프로 작가인 줄 알았다니까요. 고객님 같은 분만 있으면 저희가 어떻게 돈을 버나요."

남자의 너스레를 듣다가 민망해진 나인은 벽에 적힌 가격표로 눈길을 돌렸다.

고백 프로그램 베이식	고백 프로그램 스탠다드	고백 프로그램 프리미엄
☑ 고백봇 대여	☑ 고백봇 대여	☑ 고백봇 대여
☑ 기본 감정 표현 패키지 제공	☑ 감정 표현 3종(입술 내밀기, 발그레한 볼, 한숨 쉬기) 추가 제공	☑ 감정 표현 풀 패키지 제공
☑ 고백 시나리오 미제공	☑ 고백 시나리오 제공	☑ 고백 시나리오 및 고백 파티룸 제공

💔 모든 프로그램 고백 실패 시 50% 환불 보장 💔

  두 달 동안 아끼고 아껴서 모은 용돈으로는 베이식이 유일한 선택지였다. 가격이 저렴한 대신 감정 표현은 어색한 면이 있고, 고백 시나리오는 직접 작성해야 했다. 다시 말하면, 등나무 벤치에서 정후를 향해 고백봇이 한 말과 행동은 모두 나인의 계획이었다. 정후의 반응을 상상하며 돌발 상황 시나리오까지 생각해 내느라 나인은 일주일 동안 끙끙 앓았다.

  잠시 뒤, 고백봇이 돌아왔다. 여자가 나인에게 눈짓했다.

  나인은 고백봇에게 천천히 다가갔다. 자신과 똑같이 생긴 고백봇이 섬뜩한 동시에 기특했다. 아마도 자신이라면 정후가 지원이 얘기를 꺼낸 순간 벤치를 박차고 떠났을 거다. 시나리오대로 해낸 고백봇에게 무슨 말이라도 해야 할 것 같았다.

"고마워."

그 순간, 나인은 코를 찡긋했다. 어디선가 맡아 본 향이 희미하게 풍겼다. 나인은 숨을 크게 들이마셨다. 부드러운 담요에서 날 법한 냄새였다. 그 아늑한 냄새가 콧속으로 마구 밀려들어 왔다. 정후와 함께. 가슴이 덜컥했다.

나인이 고백봇 얼굴을 천천히 훑었다. 나인의 시선은 볼이 빨개진 정후를 직접 보았을 고백봇의 눈동자에서 멈췄다. 목구멍과 가슴이 동시에 꽉 막혀 묵직해졌다. 소중한 무언가를 놓쳤다고, 나인은 생각했다.

"자, 자, 고객님 잠시만요."

다음 예약 일정이 얼마 남지 않았다. 남자가 나인을 아랑곳하지 않고 고백봇 목덜미에 있는 버튼을 내렸다. 고백봇의 눈동자가 빛을 잃고 흐려졌다. 여자는 가슴 부근을 살짝 눌렀다. 동그란 알약처럼 생긴 메모리 칩이 툭 하고 나왔다.

"여기, 고백 시나리오예요. 고객님께 저작권이 있긴 한데 대부분 파기하세요. 로봇이 대신 고백했다고 트집 잡는 경우가 종종 있나 봐요. 어떻게 해 드릴까요?"

없앤다는 말에 나인은 정신이 번쩍 들었다. 시나리오만큼은 제 것이다. 그거라도 가져야겠다는 생각에 나인이 재빨리 대답했다.

"주세요. 가질게요."

"대신 잘 보관하세요, 호호호."

나인이 크로스 백에 칩을 넣고 지퍼를 굳게 잠갔다.

"그럼, 오랜 사랑 하세요."

여자가 미소 지으며 말했다.

나인이 사무실을 막 나설 때쯤 정후에게서 '내일 데이트?'라는 메시지가 와 있었다. 나인은 머릿속을 비우려는 듯 세차게 고개를 흔든 뒤, 좋다는 답장을 보냈다.

다음 날부터 둘은 매일같이 만났다. 가장 먼저 의논한 일은 스마트 밴드 연결이었다. 밴드 연결은 반드시 상대방 동의가 필요해서 커플이 되는 일종의 관문처럼 여겨졌다. 나인은 한동안 망설였다. 혹시 정후가 자신 말고 고백봇에게 반했을지도 모른다는 엉뚱한 생각에 빠진 탓이었다. 세아에게 배부른 소리 그만하라는 따끔한 호통을 듣고 나서야 나인은 마음을 다잡았다.

밴드를 연결하고 나서 처음 해제한 기능은 '우리의 거리'였다. 둘이 어디에 있든 떨어진 거리를 걸음 수로 표시했다.

만 걸음 넘게 떨어지지 말자는 나인의 말을 정후는 칼같이 지켰다.

다음은 '우리의 떨림'이었다. 처음 손을 맞잡은 순간 정후의 심장도 세게 쿵쾅거린다는 사실을 알았을 때, 나인은 짜릿했다. 하지만 야속하게도 그와 동시에, 물음표 하나가 불쑥 떠올랐다. 고백받을 때 정후의 심장 박동 수는 어땠을까. 지금보다 훨씬 높았겠지? 그러자 나인의 밴드 속 숫자는 가파르게 떨어졌다. 자신에게 비어 있는 그날의 기억이 무척이나 성가셨다.

나인 혼자서 감정의 롤러코스터를 타는 날이 반복되던 어느 날, 정후가 물었다.

"언제 말해 줄 거야?"

"뭐를?"

나인은 정후가 건네준 한정판 젤리에 정신이 쏠려서 건성으로 대답했다.

"매직월드! 같이 가기로 했잖아."

나인이 동그래진 눈으로 정후를 바라봤다. 매직월드는 얼마 전에 생긴 놀이동산이었다. 가고 싶기는 했는데 언제 가자고 했는지 기억이 희미했다. 나인이 아무 말 없자 정후는 수줍게 머리를 긁적였다.

"벌써 까먹었어? 우리 1일 때 약속했잖아. 거기 가려고 용돈도 모았는데."

나인이 눈길을 아래로 피했다. 아마도 고백하는 날, 소란스러워서 듣지 못한 내용 같았다. 고백봇은 직접 들었겠지, 하는 생각이 들자 은근히 부아가 났다.

"알지. 지금 이렇게 있는 것만으로도 좋아서 깜빡했어. 곧 가지 뭐."

다행히 정후 귀에는 지금도 좋다는 말만 들렸다.

"오케이. 그럼 빨리 먹어 보자. 뜯어 봐."

정후가 젤리 쪽으로 머리를 기울이자, 나인은 두 손을 등 뒤로 슬그머니 감췄다. 아무리 눈치가 없는 정후여도 나인이 긴장하면 손에 땀이 난다는 사실 정도는 알았다. 축축한 젤리를 입에 넣어 주면 정후가 추궁할 것만 같았다.

"맞다! 오늘 이모 온다고 일찍 들어오라고 했는데. 이건 내일 먹자."

나인이 급하게 일어섰다. 정후는 영문도 모르고 주섬주섬 짐을 챙겼다.

집으로 가는 내내 종알대는 정후 곁에서, 나인은 언제든지 둘러댈 핑계를 만들어 놓자고 마음먹었다. 매직월드 말고 다른 것을 놓쳤을지도 모를 일이었다.

정후와 헤어지자마자 나인은 곧바로 세아에게 연락했다.

"세아야 방금……."

"대박! 마침 전화하려고 했는데."

세아는 나인이 말을 꺼내기도 전에 자기 할 말부터 쏟아 냈다.

이번에 들어간 사운드 아트 동아리에서 세아는 어느 오빠에게 반했다고 했다. 턱까지 내려오는 긴 머리카락에 오뚝한 코가 신비로운 분위기를 풍긴다고 했다. 세아가 고백한다는 말에 나인이 꺅 소리를 내며 응원했다. 하지만 곧 후회했다. 결국은 고백 시나리오를 빌려 달라는 말이었다.

"그때 직원이 칭찬까지 했다며."

"에이, 그건 그냥 마케팅이지."

지나가듯이 한 말까지 기억하는 걸 보니 세아는 꽤나 진심인 것 같았다.

"제발, 나인아. 나도 너처럼 달달해지고 싶다고. 모태 솔로 신세 좀 끝내 보자. 응?"

나인이 메고 있는 크로스 백을 매만졌다. 안 그래도 잃어버리거나 엄마에게 들킬까 봐 칩을 항상 갖고 다녔다. 세아가 울먹거리기까지 하자 나인은 마지못해서 들어주었다.

"알았어. 지금 놀이터로 내려와."

얼마나 급한지 잠옷 차림으로 내려온 세아는 두 손을 내밀었다.

"성은이 망극하옵니다."

"너, 절대 다른 사람 주면 안 된다."

나인은 칩을 건네며 신신당부했다.

"고마워!"

세아가 나인을 와락 껴안았다.

들뜬 얼굴을 한 세아가 시나리오에 대해 꼬치꼬치 캐물었다. 나인은 밤늦게까지 그네를 타야만 했다.

며칠 뒤 정후가 사진 한 장을 보냈다. 매직월드 입장표였다. 정후와 가까워지고 보니 정후는 생각보다 훨씬 계획적인 아이였다. 곧 가자고 둘러댄 말을 올곧이 들은 탓에 입장표와 교통편까지 착착 예매한 것이다. 덕분에 나인은 얼마 지나지 않아서 매직월드 입구에 서 있을 수 있었다.

둘은 문이 열리길 기다리며 줄을 섰다. 경쾌한 웃음소리가 여기저기서 들렸다. 정후가 솜사탕까지 사 오자 나인은 마치 꽃비를 맞는 강아지처럼 콩콩 뛰고 싶었다. 나인이 신나서 두리번거리는데 정후가 무언가 생각났다는 듯이 물었다.

"하얀 거짓말 게임 있잖아. 그거 유행이야?"

이건 또 무슨 소리인지. 일단 섣부르게 아는 척하지 말고 어떤 상황인지 찬찬히 듣기로 했다. 나인은 솜사탕에 시선을 고정하고 아무렇지 않게 물었다.

"뭐가?"

"우리 반에 말 많은 애가 있는데 여친 생겼다고 자랑하는 거야. 근데 걔도 나랑 비슷한 방법으로 고백받은 것 같았어."

"잘, 잘못 들었겠지."

나인이 뜨끔해서 말했다.

"아냐! 다는 못 들었어도 막 넷째까지 하더라니까."

나인은 심장에게 제발 가만히 있어 달라고 빌며 재빨리 머리를 굴렸다.

자신의 고백 시나리오를 아는 사람은 세아와 센터 직원뿐이다. 세아는 오빠에게 써먹는다고 했으니까 정후와 같은 반일리는 없다. 저작권 얘기까지 꺼낸 직원이 함부로 퍼뜨리지는 않겠지만 혹시 몰랐다. 연락해서 따질까 고민하는데, 주변 사람들이 우르르 움직였다. 문이 열린 모양이었다.

"가자!"

나인은 솜사탕을 정후에게 쥐여 주고 입구로 달렸다. 정후도 분위기에 휩쓸려 나인을 뒤따랐다.

매직월드는 실제 같은 홀로그램 영상과 휘황찬란한 조명

으로 가득했다. 퍼레이드 음악과 사람들의 환호성 속에서 돌아다니자 정후가 한 얘기는 금세 잊혔다. 둘은 저녁까지 바지런히 돌아다녔다. 정후가 구워 온 쿠키를 먹으려고 벤치에 앉고 나서야 나인은 다리가 부서질 것처럼 아프다는 사실을 깨달았다. 둘이 나란히 앉아서 각자 종아리를 꾹꾹 누르며 키득거렸다.

나인은 다리가 길게 나오도록 사진을 찍어 주고, 가자는 대로 따라오고, 심지어 투덜대지도 않는 정후가 기특해서 두 볼을 마구 쓰다듬어 주었다. 순간 볼이 빨개진 정후를 보고 나인은 가슴이 콩닥, 콩닥 뛰었다.

둘은 호박 모양 가로등 아래에서 집으로 가는 버스를 기다렸다. 주변에는 커플들로 가득했다. 과연 우리보다 행복한 커플이 있을까 싶어서 나인은 주변을 유심히 살폈다. 서먹서먹한 커플을 볼 때면 괜히 우쭐해졌다.

마침 가까이에 어색한 공기가 흐르는 둘이 보였다. 남자가 경직된 얼굴로 여자에게 무슨 말을 하기 시작했다. 나인이 귀를 한껏 세웠다.

"우리 하얀 거짓말 게임 하자."

나인은 자신의 귀를 의심했다. 수십 번 고치고 고쳐서 정한, 절대 잊을 수 없는 대사였다. 설마 그다음은······.

"첫째, 나는 좋아하는 사람이 있다. 둘째, 같이 아르바이트하는 어떤 애가 너를 좋아한다. 셋째, 그 어떤 애는 목걸이를 하지 않았다."

자신의 시나리오와 미묘하게 달랐지만 거의 똑같았다. 처음 보는 사람이 누군가에게 자신과 같은 방법으로 고백할 확률은 얼마나 될까. 벼락 맞을 확률보다 낮지 않을까. 나인은 남자 입을 막아 버리고 싶은 충동을 누르며 속으로 외쳤다. 그건 내 시나리오야!

처음 나인이 구상했던 고백 시나리오는 달콤하지만 밋밋했다. 혹시 정후가 눈치 못 채면 어쩌지 하는 고민이 쌓일수록 다음, 그다음 시나리오는 단짠단짠을 풍기며 좀 더 치밀하고 깊어졌다. 물론 그 풍미는 나인 안에서만 맴돌았다. 시나리오를 수정하는 내내 마음속에서 정후를 그렸으니까.

하지만 지금의 시나리오는 편의점 진열대에 놓인 삼각김밥 같았다. 라벨이 없으면 무슨 맛인지도 모를, 누구나 집어 가도 상관없는 검은 삼각김밥······.

"요즘 고백 대행 서비스가 있다더니."

등 뒤에서 정후 목소리가 들렸다. 나인은 고개를 돌렸다. 딱딱한 얼굴을 한 정후가 보였다.

"그게 뭔데."

나인은 일단 잡아뗐다. 정후는 대행 서비스에 대해 좋은 얘기를 한 적이 없었다.

"나 그 정도로 멍청하지 않거든. 어째 이상했어. 너 서비스 썼지?"

"무슨 말이야."

"솔직하게 말 안 해?"

정후가 계속 다그치자 나인의 눈꼬리가 점점 뾰족해졌다. 진심이 복제된 것도 서러운데 시나리오의 주연인 차정후, 너마저 이런다고?

"그래 썼다! 언제는 고백해 줘서 고맙다며!"

나인이 새된 목소리로 따졌다.

"그건 네가 직접 한 줄 알았을 때고. 로봇이 하는 게 무슨 의미가 있냐."

"고백만 로봇이 했지. 나머지는 다 나였거든. 지금도 나야!"

나인은 보라며 자기 볼을 꼬집어서 늘렸다. 정후가 잠시 주춤하더니 지지 않고 말했다.

"그래도 날 속였잖아."

속였다는 말이 나인을 날카롭게 찔렀다. 가슴 한구석에서 무언가 울컥 솟구쳤다.

"그래. 그럼 눈치가 눈곱만큼도 없는 너는 고백봇이 고백해서 사귄 거네. 됐어?"

"고백봇?"

"네가 사랑에 빠진 휴머노이드 이름이야. 그건 몰랐나 보네. 뭐 이용해 봤어야 알지. 넌 아무것도 안 했잖아. 됐어. 그만둬. 그만해!"

나인은 열을 토하듯 외쳤다. 얼굴이 화끈거리고 심장이 쿵쾅거렸다. 설렐 때 쿵쾅거리는 것과는 달랐다. 울렁이는 정도가 심해져 속이 뒤집힐 지경이었다. 눈치 없는 밴드는 높은 심장 박동 수를 표시하며 나인의 손목을 빨간빛으로 물들였다.

버스가 도착했다. 버스에 타는 사람은 나인과 정후뿐이었다. 둘은 버스 뒷자리, 양 끝에 떨어져 앉았다. 서로 말 한마디 없었다. 기사도 없는 자율 주행 버스는 적막 그 자체였다.

나인은 버스에 내려서 뒤도 돌아보지 않고 집으로 향했다. 방문을 세게 닫고 세아에게 전화를 걸었다.

"이세아! 도대체 어떻게 된 거야. 내 시나리오!"

나인이 다짜고짜 소리쳤다. 세아가 깜짝 놀라서 물었다.

"뭐가?"

"사람들이 내 시나리오로 고백하고 있다고!"

건너편에서 헉 하는 소리가 들렸다.

"……나인아, 그게 동아리 애들 있잖아. 걔네가 하도 달라 그래서. 안 된다고 했는데도 계속 조르는 거야. 미안해."

세아가 시나리오를 건넨 사람만 넷이었다. 넷 중에 연애 커뮤니티 운영진이라는 애도 있었다. 인터넷에 퍼질 대로 퍼진 것 같았다. 참았던 눈물이 질금 삐져나왔다.

"됐어. 끊어!"

나인이 밴드를 빼려는 찰나, 메시지가 도착했다. 혹시나 정후일까 싶어서 바로 확인했지만 고백 대행 서비스 센터에서 온 '한 달 기념 만족도 조사'였다.

"이것들이 누구 놀리나."

열이 뻗쳤다. 나인은 모든 질문에 최하점을 주었다. '서비스를 주변 사람에게 추천할 의향이 있으신가요?'라는 마지막 질문에도 부정하자 메시지가 또다시 날아왔다.

화해 대행 서비스 론칭! 🎉
이별은 영원하지 않습니다. 당신은 운이 나빴을 뿐입니다.
화해봇과 함께 멀어진 인연의 손을 다시 잡아 보세요.

론칭 기념 30% 할인 쿠폰 발급

수락 거절

만족하지 않는다는 대답에 인공 지능이 헤어졌다고 판단하는 듯했다. 나인은 밴드를 내던졌다.

"무슨 운이 나빠. 웃기고 있네."

나인이 침대에 걸터앉은 채로 머리를 마구 헝클였다. 고백을 결심하기까지는 어려웠지만, 결정은 쉬웠다. 로봇이 대신 하면 되니까. 결제만 하면 되니까. 서비스를 신청할 때만 해도 정후와 남보다 못한 사이가 될 줄은 꿈에도 몰랐다. 회사의 돈벌이가 된 것만 같아서 속이 부글부글 끓었다.

비틀대며 일어선 나인은 주방으로 가서 찬물을 따라 마셨다. 먼지가 낀 듯한 머릿속이 점점 맑아졌다. 하지만 속은 여전히 부대꼈다. 아까 먹은 게 솜사탕과 쿠키뿐이라 그런지 매운맛이 당겼다. 나인은 찬장에서 컵라면을 꺼냈다. 꼬들꼬들한 면을 신김치와 곁들여서 말끔히 비웠다.

다시 침대로 가서 벌러덩 누웠다. 배가 부르자 방금까지 있던 일이 먼 옛날 일처럼 느껴졌다. 문득, 정후랑 사귀기로 마음먹고 스스로 한 다짐이 떠올랐다. 만약 싸운다면 꼭 그날 풀자는 다짐이었다. 내일이 오기 전에 돌려놓고 싶었다.

아직 늦지 않았다. 당장 가서 고백이라는 문을 내 힘으로 열어젖혀야 한다. 어차피 진심은 통한다는 후기만 믿고 가장 중요한 걸 고백봇에게 맡겨 두어서는 안 됐다. 그렇게 마주한 결과는 진심의 복제 시나리오뿐. 지금이라도 빙빙 에 위가는 대행 대신 직행을 선택하자고, 나인은 마음먹었다.

나인이 허리를 일으켜 세웠다. 정후에게 내려오라고 짧은 메시지를 보냈다. 마지막으로 이에 낀 게 없는지 살피고 집을 나섰다.

정후는 아파트 앞 벤치에 어깨를 축 늘어뜨리고 앉아 있었다. 옷차림이 그대로였다. 나인이 일부러 발소리를 내며 정후 곁에 가서 섰다.

"금방 왔네?"

"그냥 좀 복잡해서. 안 올라가고 있었어."

생각에 잠긴 정후 모습에 나인도 뒤숭숭했다. 정후가 환하게 웃었으면 했다. 나인은 헛기침을 큼큼하고는 정후네 집으로 가는 길 내내 연습했던 문장을 말했다.

"미안해. 솔직하게 말 안 해서……."

어디선가 바람이 불어와 정후 앞머리를 흐트러뜨렸다. 머리카락 사이로 반듯한 이마가 드러났다. 그러자 고백 시나리오에는 없던, 하지만 꼭 하고 싶은 말이 떠올랐다. 나인은 아무리 생각해도 억울했다. 정후를 향한 마음은 그대로인데.

"근데 그게 뭐!"

가로등 아래에서 자신을 맑게 쳐다보는 정후의 눈동자가 보였다. 순간 세상에서 모두가 사라지고 둘만 남은 것 같았다. 어쩌면 설렘은 시선에서 비롯됐는지도 몰랐다.

"시나리오 쓸 때도, 센터 가서도 나는 너 생각뿐이었거든. 너 좋아하는 건 지금도 똑같다고!"

잠시 정적이 흘렀다. 정후는 천천히 나인에게 다가갔다.

"여기 앉아서 계속 생각했어. 네 말이 다 맞아. 사실 용기 낸 건 넌데. 난 아무것도 안 했잖아. 고백이나 두 번 받고. 미안."

나인의 손가락 사이로 정후 손가락이 미끄러져 들어갔다. 정후의 손이 축축해서 나인은 흠칫 놀랐다. 정후도 긴장하면 땀이 나는구나.

"그럼, 뭐 어떻게 해 줄 건데."

나인은 아랫입술을 살짝 내밀었다. 베이식에 없는 표현을 맘껏 할 수 있어 다행이라 여기면서.

"두 배로 잘해 줄게. 절대 오천 걸음 이상 안 떨어지고 다음엔 치즈케이크도 만들어 줄게. 날짜도 안 까먹고 잘 셀게. 오늘부터 다시 1일 하자. 응?"

비도 내리지 않았는데, 한바탕 비 내린 뒤 풍경을 보듯 나인의 눈앞이 또렷해졌다. 다시 정후가 자세히 보였다. 깔끔하다는 이럴 때 쓰는 말이라는 걸, 나인은 깨달았다.

"숫자가 뭐가 중요해."

나인이 한 걸음 뒤로 떨어져 두 팔을 넓게 벌렸다. 정후가 발을 뗐다. 가로등에 비친 그림자는 두터운 하나가 되었다.

나는 걱정과 망설임의 화신이었고 그런 내 모습이 마음에 들지 않았다. 온갖 걱정 시나리오를 써 대느라 놓쳐 버린 것들이 많았으니까. 고백도 그중 하나였다. 그러던 어느 날, 누군가를 마주치고 나서 문득 나인이 떠올랐다. 나인이라면 놓치지 않겠지? 마침내 손톱 끝에 매달린 용기까지 끌어모아서 고백했다. 짜릿했다.

신기하게도 사랑하다 보니, 나 자신도 사랑하게 되었다. 지금은 사랑이 세상을 구한다고 믿는다. 부디 나인과 정후, 세아처럼 서투름 속에서도 사랑을 놓지 않길. 글을 읽는 당신도 많이 많이 사랑하길.

우수상 수상작

플루토

김앤나

2066년 2월 18일

플루토 우주 센터가 우주선을 발사했다. 플루토호가 날아오르는 장면이 뉴스를 통해 퍼져 나갔다. 플루토호는 지금까지 소개된 우주여행 상품 중 목적지가 지구와 가장 멀다는 점에서 주목을 받았다.

발사 지휘 통제본부에 긴장감이 맴돌았다. 머리가 희끗희끗한 마빈 박사가 팔짱을 낀 채 본부 내에 설치된 화면을 지켜보았다. 중앙에 세워진 사각 기둥에서 똑같은 영상이 송출되었다. 연구원들도 화면에서 눈을 떼지 못했다.

뉴스 화면에 아나운서가 나타났다.

"세계의 항공우주 기업들은 지구 밖 행성에 앞다투어 추모관을 마련하고 있습니다. 우주 환경을 보호하는 세금인 우주세를 내지 않아도 되기 때문입니다. 조상을 추모한다는 명목으로 백만장자의 우주여행을 부추긴다는 지적이 나오는 가운데 유럽의 항공우주 기업이 우주선을 띄웠다는 소식입니다. 잉글랜드 외곽에 나가 있는 기자 나와 주시죠."

기자는 코스튬 파티에 온 듯 우주복을 입고 플루토 우주 센터를 배경으로 서 있었다. 기자가 우주복에서 힘겹게 머리를 꺼냈다. 고개를 흔들어 이마에 착 달라붙은 앞머리를 떼어 냈다. 기자가 카메라를 응시했다.

"네. 저는 플루토 우주 센터에 나와 있습니다. 플루토호의 발사를 지휘한 마빈 박사를 만나 보겠습니다."

발사 지휘 통제본부 안에 있는 마빈 박사가 홀로그램으로 나타났다. 연구원들과 똑같은 작업복 차림이었다. 마치 플루토 우주 센터 정문에 기자와 나란히 서 있는 듯했다.

기자가 박사 쪽으로 고개를 돌렸다.

"박사님, 방금 플루토 우주 센터가 플루토호를 발사했는데요. 목적지가 어디라고 하셨죠?"

마빈 박사가 대답했다.

"왜행성 134340입니다."

기자가 놀라는 척했다.

"맞아요. 거기예요! 다른 항공우주 기업들은 비용 문제 등으로 지구와 가까운 행성을 선호합니다. 박사님께서는 왜 그 멀고 먼 이름도 없는 왜행성, 그…… 뭐죠?"

누군가 '134340'이라고 휘갈겨 쓴 태블릿을 들어 올렸다.

기자가 이어 말했다.

"네, 어째서 왜행성 134340을 택했는지 묻고 싶군요. 백만장자는 꿈도 못 꾸는, 억만장자를 위한 최고급 추모관인가요? 그렇다면 왜 여행자를 태우지 않고 유골함만 실어 보낸 건가요?"

마빈 박사가 입을 떼려는 찰나였다.

별안간 주위가 시끄러워졌다. 플루토 우주 센터 정문으로 사람들이 모여들었다. 저마다 글씨가 깜박이는 엘이디 팻말을 들었다.

마빈 박사를 비추던 카메라가 시위자들을 향했다.

"부자들의 심부름꾼 마빈 박사 물러나라!"

시위자들이 목청껏 외쳤다.

"우주 오염 주동하는 과학자는 필요 없다!"

기자가 시위자들에게 허둥지둥 달려갔다. 우주복이 무척이나 거추장스러워 보였다. 카메라맨도 기자를 따라갔다. 마빈 박사의 홀로그램이 깜박이다 사라졌다.

발사 지휘 통제본부의 연구원들은 기자의 무례한 행동에 얼굴을 붉혔다. 마빈 박사의 표정은 담담하기 그지없었다.

21세기 들어 네 번째 팬데믹이 지구를 뒤덮은 뒤부터 내로라하는 부자들은 실내로 숨어드는 대신 우주로 나갔다. 국제 우주 정거장에 다녀오던 그동안의 궤도 여행과는 달랐다. 몇 달씩 혹은 해를 넘기는 우주 관광이었다. 다른 행성에 가족과 조상의 추모관을 둔 백만장자가 대부분이었다.

관광 우주선은 웬만한 호텔보다 나았다. 개인 침실과 서재는 물론 연회장, 극장, 카지노, 체육관까지 두루 갖추었다. 뭇사람들은 우주선을 일컬어 백만장자의 전용기라고 비꼬았다.

플루토호의 도착지인 왜행성 134340은 우주여행에 좋은 환경이라 할 수 없었다. 지구와 멀리 떨어진 데다 기온이 너무 낮기 때문이었다. 그런데도 기자들은 억만장자라면 오고 가는 시간 자체가 휴식이요, 멀면 멀수록 팬데믹을 피하기 좋다는 말을 만들어 냈다. 덕분에 플루토호는 사람들의 이목을 끌었다.

어떤 기자들은 천체 물리학자였던 마빈 박사의 은퇴 후 행보에 관심을 가졌다. 학자가 이윤에 눈먼 항공우주 기업과 손을 잡았다며 입방아를 찧어 댔다. 평생 이룬 업적을 고작 돈벌이에 이용한다는 둥, 항공우주 기업에 박사의 전 재산을 투자했다는 둥 출처를 알 수 없는 소문이 무성했다.

기자가 다시 뉴스 화면에 나타났다.

"조상을 추모한다는 명목으로 값비싼 우주여행을 일삼는 행태와 우주세를 감면받으면서까지 우주를 오염시키는 일이 과연 정당할까요? 지금까지 플루토 우주 센터였습니다."

마빈 박사와 약속된 인터뷰조차 끝맺지 않고 뉴스가 끝났다. 누군가 뉴스를 껐다. 발사 지휘 통제본부 화면에 플루토호가 나타났다. 대기권을 벗어난 플루토호가 화면 가득 우주의 모습을 담아 보냈다.

마빈 박사가 의자에 몸을 기댔다. 컴퓨터 바탕화면은 왜행성 134340의 사진이었다. 행성 아랫부분에 밝은 하트 무늬가 새겨져 있었다. 톰보 지역이라 불리는 하트 무늬는 이 행성을 최초로 발견한 톰보의 이름을 땄다.

하트 무늬에 베티 할머니의 얼굴이 겹쳤다. 살아생전처럼 장난기 어린 표정이었다.

2006년 7월 1일

마빈은 엄마를 따라 영국 잉글랜드 외곽으로 이사 왔다. 엄마가 아빠와 헤어지고 이곳에 새 직장을 구한 탓이었다. 그 바람에 마빈은 친구들과 헤어져 낯선 학교로 전학했다.

마빈이 커튼 사이로 옆집을 훔쳐보았다. 옆집 마당은 잉글랜드의 여느 마당과 달랐다. 꽃이나 풀은 없었다. 대신 덮개를 씌운 천체 망원경이 마당을 차지했다.

울타리 너머 활짝 열린 부엌문으로 할머니의 뒷모습이 보였다. 옆집 할머니 역시 잉글랜드의 여느 할머니와 달랐다. 대낮에 꽃밭을 가꾸기는커녕 한밤중에 망원경을 들여다보았다.

마빈은 방과 후에 혼자 집 안에 틀어박혀 지냈는데 동네 아이들은 옆집을 그냥 지나치는 법이 없었다. '살짝 맞이 간' 할머니라고 수군대거나 대놓고 '마귀할멈'이라고 떠들었다. 마빈은 숙제를 하거나 게임을 하면서도 옆집을 엿보곤 했다. 할머니가 책을 읽으면 마법 책이라 생각하고, 요리하면 마법 약을 만든다고 상상했다. 그러면 시간이 잘 갔다.

할머니가 오븐을 열었다. 김이 모락모락 피어올랐다.

"스콘이 맛나게 구워졌네."

할머니가 고개를 휙 돌렸다.

마빈이 잽싸게 커튼을 닫았다. 아니, 닫으려고 했는데 너무 힘을 준 탓에 커튼이 통째로 떨어져 나갔다. 얼굴이 화끈거렸다.

마빈은 주저앉을까, 돌아설까, 딴청을 피울까 망설이다 아무엇도 못 했다. 우두커니 동상처럼 서서 눈만 끔벅였다. 그 와중에 열린 창문으로 스콘 냄새가 스멀스멀 들어왔다.

할머니가 부엌에서 성큼성큼 걸어 나왔다. 스콘이 수북이 담긴 쟁반을 들고 입가에는 미소를 함빡 머금었다.

할머니가 마빈에게 눈길도 주지 않고 차양 밑 탁자에 앉았다.

"나오너라. 너 주려고 넉넉히 구웠다."

마빈이 주변을 둘러보았다. 아무도 없었다.

"저요?"

마빈이 겨우 입을 뗐다.

할머니는 마빈의 말을 들었는지 못 들었는지 앞접시에 스콘을 덜어 놓았다.

"식으면 맛없다."

순식간에 입안에 침이 고였다. 마빈이 부리나케 달려 나갔다.

마빈이 하얀색 울타리 앞에 섰다. 하굣길에 보았을 때는 잠겼던 문이 비스듬히 열려 있었다. 마빈이 마당을 가로질러 탁자로 다가갔다.

할머니가 스콘이 담긴 접시를 내밀었다.

"난 베티란다."

마빈이 의자에 앉으며 인사했다.

"안녕하세요. 전 마빈이에요."

마빈은 베티 할머니를 따라 스콘을 한 입 베어 물었다. 따듯한 스콘은 단단한 듯 부드럽고 밍밍하면서도 고소했다. 엄마가 밖에서 사 오는 스콘과는 사뭇 달랐다.

베티 할머니가 부엌으로 들어가 찻잔을 들고나왔다. 레모네이드가 담긴 잔을 마빈 앞에 내려놓았다. 홍차가 든 잔은 할머니 차지였다.

마빈이 새콤달콤한 레모네이드를 마셨다. 목구멍을 막은 스콘이 스르르 녹아내렸다. 집으로 돌아가는 마빈에게 할머니가 스콘을 싸 주었다.

날이 저물고 엄마가 돌아왔다. 엄마는 스콘을 베어 물며 오랜만에 행복한 표정을 지었다.

스콘 냄새가 풍길 때마다 마빈은 옆집으로 달려갔다. 할머니는 별에 관한 이야기를 들려주곤 했다. 신화에서 과학까지 별들만큼이나 다채롭고 아름다운 이야기였다.

엄마가 늦는 날이면 함께 망원경도 들여다보았다. 눈앞에서 반짝이는 별이 오래전에 빛났던 별이라는 게 믿기지 않았다.

이사 온 지 두어 달이 지났다. 여느 때처럼 베티 할머니가 스콘을 구웠다. 마빈은 레모네이드부터 벌컥벌컥 들이켰다. 너무 차가워서 머리가 띵했다.

할머니가 들고 있는 찻잔에서 김이 모락모락 피어올랐다. 8월에 뜨거운 차를 마시는 할머니가 신기했다. 무더위는 한 풀 꺾였지만 햇볕이 꽤 따가웠다.

마침 오후 햇살이 차양 밑으로 들이쳤다. 마빈이 얼굴을 찡그렸다. 물방울이 방울방울 맺힌 유리잔을 들어 햇볕을 막았다.

베티 할머니가 부드럽게 속삭였다.

"안으로 들어갈래?"

마빈의 눈동자가 왔다 갔다 했다. 동네 아이들이 수군대던 소리가 귓가에서 맴돌았다. 과자 집으로 헨젤과 그레텔을 꾀어낸 마귀할멈도 떠올랐다.

느닷없이 베티 할머니가 웃음을 터뜨렸다.

"난 마귀할멈은 아니지만 살짝 맛이 가긴 했단다. 너도 알다시피 별에 미쳤잖니."

그러고는 마당에 놓인 망원경으로 눈길을 돌렸다.

마빈은 어쩔 줄 몰랐다. 동네 아이들이 지껄이는 소리를 죄다 들은 모양이었다. 무슨 말이라도 하려 했지만 아무 말도 나오지 않았다.

베티 할머니가 쟁반을 들고 집 안으로 들어갔다. 마빈이 레모네이드를 들고 머뭇머뭇 따라갔다. 유리잔에서 얼음이 달그락거렸다.

베티 할머니네 집은 바깥에서 보는 것보다 넓었다. 거실 바닥에 요란한 카펫이 깔렸고 벽을 따라서는 옛날 사진이 걸려 있었다. 오래된 가구와 벽난로에 그득한 장식품까지 마빈이 상상한 그대로였다.

나무 탁자에 펼쳐진 스크랩북이 눈에 띄었다. 여자아이의 사진이 실린 빛바랜 신문 조각이 붙어 있었다.

마빈이 흑백 사진을 가리켰다.

"누구예요?"

"열한 살 베티지."

"할머니도 열한 살 때가 있었어요?"

"그럼 난 태어날 때부터 쭈글쭈글한 줄 알았니?"

마빈이 킥킥거렸다.

"열한 살이면 저랑 동갑이었네요. 신문에 난 거예요?"

베티 할머니가 소파에 엉덩이를 걸쳤다.

"이야기 들어 볼래?"

마빈이 유리잔을 내려놓고 베티 할머니와 마주 앉았다.

1930년 2월 18일

열한 살 베티는 아침밥을 먹고 있었다. 차가운 바깥 공기 때문에 창문이 뿌옜다.

할아버지는 대학교 도서관 사서로 일하다 은퇴했다. 벌써 식사를 마치고 흔들의자에 앉아 신문을 읽었다. 오늘 자 신문이었다.

할아버지가 일어나 탁자에 신문을 펼쳤다.

"베티, 네가 좋아할 만한 소식이구나!"

베티는 포크를 내려놓고 거실로 달려갔다.

> 미국의 천문학자, 클라이드 톰보
> 태양계의 아홉 번째 행성을 발견하다

기사 제목을 훑어본 베티의 눈이 반짝 빛났다.

"아홉 번째 행성이라고요? 대체 어디 있대요? 어떤 행성이래요?"

베티가 알고 있던 행성은 여덟 개였다. 수성, 금성, 지구, 화성, 목성, 토성, 천왕성, 해왕성이었다.

할아버지가 그럴 줄 알았다는 듯 빙긋 웃었다.

"자, 들어 봐라."

할아버지가 코에 걸친 안경을 바로 썼다. 베티가 귀를 쫑긋 세웠다. 신문만큼은 할아버지가 읽어 줘야 제맛이었다.

신문 기사는 제목 그대로 아무도 몰랐던 새로운 행성을 발견했다는 내용이었다. 그러니까 행성이 모두 아홉 개가 되었다는 이야기였다.

할아버지가 신문 기사를 마저 읽었다.

"아홉 번째 행성은 태양에서 약 59억 킬로미터 떨어져 있다. 얼음이 98% 이상을 뒤덮어 표면 온도는 영하 229°C에 달한다. 길쭉한 타원 궤도로 태양을 공전하고 지구와 달리 시계 방향으로 자전한다. 아홉 번째 행성의 1년이 지구에서는 248년이 된다."

베티의 눈이 초롱초롱 빛났다. 아홉 번째 행성이 어떤 모습일지 상상해 보았다. 여태 발견하지 못한 행성이 있었다니 태양계는 얼마나 넓은 걸까. 은하계는 도대체 어디에서 끝나는 걸까. 은하계 너머는 과연 어떤 곳일까.

저절로 어깨가 움츠러들었다. 베티는 잉글랜드는커녕 마을조차 구석구석 둘러보지 못했다. 게다가 잉글랜드는 지구에서도 무척 작은 나라였다. 태양계에는 지구를 포함해서 여덟 개의 행성 아니, 이제는 아홉 개의 행성이 존재했다. 문득 자신이 먼지처럼 느껴졌다.

할아버지가 베티를 빤히 보았다.

"좋아할 만한 소식이 아니었나 보군."

베티는 시무룩해졌다.

"아홉 번째 행성을 발견한 건 신기하지만 갑자기 제가 먼지가 된 기분이에요. 은하계에서 태양계에서 지구에서 잉글랜드에서 마을에서 집에서 거실에서도 소파에 앉아 있잖아요, 저는."

할아버지가 껄껄 웃었다.

"네가 태어났을 때 넌 먼지보다 조금 더 컸지. 그래도 난 새로운 행성을 발견한 기분이었단다."

베티는 환하게 웃었다. 할아버지가 긴 팔을 활짝 벌렸다. 베티가 할아버지 품에 쏙 안겼다. 오래된 책 냄새가 났다.

며칠 뒤, 할아버지가 베티를 서재로 불렀다.

"아홉 번째로 발견된 행성의 이름을 찾는다는구나."

할아버지가 도서관 사서였을 때 알고 지낸 교수의 말에 따르면, 아홉 번째 행성은 아무런 이름 없이 행성 엑스(X)로 불리고 있었다.

할아버지가 살짝쿵 윙크했다.

"베티 네가 이름을 지어 보겠니?"

베티의 입이 떡 벌어졌다.

"제가요?"

할아버지가 어깨를 으쓱했다.

"아홉 번째 행성을 발견한 클라이드 톰보도 실은 보조 연구원이었단다. 너라고 못 지을 것 없지 않겠니?"

베티의 가슴이 두방망이질을 쳤다. 베티가 힘차게 고개를 끄덕였다. 아홉 번째 행성과 딱 어울리는 이름을 지어 주자고 다짐했다.

베티는 그날부터 아홉 번째 행성만 생각했다. 선생님이 국어 시간에 베티의 이름을 세 번 부른 뒤에야 알아차렸다. 체육 시간에 골똘히 생각에 빠져 있다가 머리에 공을 맞기도 했다.

베티는 아홉 번째 행성으로 날아간 꿈을 꾸었다. 그곳은 온통 캄캄하고 몹시 추웠다. 베티가 이를 딱딱 부딪치며 깨어나니 몸을 잔뜩 웅크리고 있었다. 팔을 뻗어 바닥에 떨어진 이불을 침대로 끌어 올렸다. 머리부터 발끝까지 이불을 뒤집어써도 온몸이 부들부들 떨렸다.

이불 속에서 베티가 소리쳤다.

"바로 그거야!"

베티가 잠옷 바람으로 방을 나왔다. 식구들이 깰까 봐 발꿈치를 들고 살금살금 서재로 갔다. 책상에 놓인 등을 켰다. 서재가 노랗게 물들었다.

베티가 책꽂이에서 『그리스 로마 신화』를 꺼냈다. 등 아래에 책을 내려놓고 의자에 앉았다. 그러고는 익숙하게 플루토가 등장하는 부분을 펼쳤다.

플루토는 로마 신화에 등장하는 신이다. 죽은 자들의 신으로 그리스 신화의 하데스와 같다. 플루토는 명계, 그러니까 죽은 자의 영혼이 사는 어두운 지하 세계를 다스리는 지배자이다. 즉 명왕이다.

베티는 플루토가 다스리는 세상이 어둡고 추울 거라고 상상해 왔다. 간밤의 꿈속에서 다녀온 아홉 번째 행성도 캄캄하고 추웠다. 실제로도 아홉 번째 행성은 얼음으로 뒤덮여 영하 229°C라고 신문에 나왔다.

베티는 할아버지가 일어나기만을 기다렸다. 그날따라 할아버지가 늦잠을 자는 바람에 베티는 발을 동동 굴렀다.

하는 수 없이 베티가 할아버지를 깨웠다.

"할아버지, 플루토예요. 아홉 번째 행성 이름은 플루토라고요!"

할아버지가 베티의 손을 맞잡았다.

"플루토라. 딱 맞는 이름 같구나."

할아버지는 아홉 번째 행성의 이름을 찾고 있는 교수에게 플루토라는 이름을 내놓았다. 각지에서 행성의 이름을 지어 보내왔다. 마침내 행성이 발견된 지 한 달여 만에 플루토는 아틀라스, 자이멀, 제우스, 퍼시벌 등을 제치고 아홉 번째 행성 이름으로 뽑혔다.

2006년 8월 24일

마빈이 입을 헤벌렸다.

"진짜 할머니가 지었어요? 플루토를?"

베티 할머니는 빙긋 웃기만 했다.

어느새 날이 어둑어둑해졌다. 마빈은 베티 할머니가 싸 준 스콘을 들고 집으로 돌아갔다.

엄마가 욕실로 가면서 버릇처럼 텔레비전을 켰다.

"시청자 여러분 안녕하십니까? 2006년 8월 24일 뉴스입니다."

마빈은 뉴스를 귓등으로 흘렸다. 머릿속에 온통 베티 할머니와 플루토 생각뿐이었다.

별안간 아나운서의 목소리가 귓속을 파고들었다.

"오늘 국제천문연맹은 플루토를 왜행성으로 분류하고 134340이라는 번호를 부여했습니다. 플루토는 사실상 태양계에서 행성의 지위를 박탈당했습니다."

마빈은 어안이 벙벙했다. 아홉 번째 행성이라고 이름까지 붙일 때는 언제고 이제 와 얄궂은 번호를 매기고 더는 행성이 아니라니, 이건 반칙이었다. 마빈이 창문으로 옆집을 건너보았다. 베티 할머니가 제발 뉴스를 못 보았길 바랐다.

이튿날 마빈은 학교에 가면서 옆집을 힐금댔다. 빈집처럼 조용했다.

스쿨버스를 기다리는데 동네 아이들이 나타났다. 아니나 다를까, 옆집을 가리키며 낄낄거렸다. 그날따라 베티 할머니가 더 신경 쓰였다.

마빈이 성큼성큼 아이들에게 다가갔다. 그러고는 베티 할머니가 플루토의 이름을 지은 이야기를 들려주었다. '살짝 맛이 간' 할머니가 아니라 남다른 것뿐이라고 편들었다. 아이들의 눈이 커질 때쯤 플루토가 행성의 직위를 박탈당했다는 소식도 전했다. 그러니까 할머니를 또 놀렸다가는 가만두지 않겠다는 마지막 말만은 꿀꺽 삼켰다.

곱슬머리가 코웃음을 쳤다.

"순진하긴. 맛이 간 할머니 말을 믿냐?"

마빈이 입을 헤벌렸다.

주근깨가 어깨를 으쓱했다.

"마귀할멈이 지어낸 얘기야. 아침 신문을 읽었거나 아침 뉴스를 봤겠지."

듣고 보니 그럴듯했다.

"그럼 소녀 사진이 실린 옛날 신문은?"

곱슬머리가 콧방귀를 뀌었다.

"망원경이나 들여다보는 이상한 할머니잖아. 옛날부터 행성에 관한 기사를 모았겠지."

어째 흩어진 구슬이 착착 꿰어지는 듯했다. 마빈은 보이지 않는 손에 뒤통수를 얻어맞은 기분이었다.

주근깨가 마빈을 가리키며 킥킥댔다.

"아니면 얘까지 살짝 맛이 갔든가."

마빈의 귓불이 벌겋게 물들었다. 감쪽같이 속아 넘어간 자신을 쥐어박고 싶었다.

집에 돌아가자마자 마빈은 창문을 꽉 닫고 커튼을 꼭 여미었다. 베티 할머니도 마빈에게 말을 건네지 않았다.

퇴근한 엄마가 욕실에서 씻고 나왔다.

"오늘도 할머니네 갔어?"

마빈이 버럭 소리 질렀다.

"다시는 안 가!"

엄마가 머리에서 물을 뚝뚝 떨어뜨리며 눈만 끔벅였다.

마빈은 잠을 설쳤다. 스콘 냄새가 아무리 코를 찔러도 내다보지 않겠다고 맹세했다. 며칠 만에 다짐을 깨고 옆집을 넘겨다보았다. 베티 할머니는 한결같이 망원경으로 밤하늘을 올려다보고 있었다.

'마귀할멈! 거짓말쟁이!'

마빈은 분이 풀리지 않았다.

2066년 2월 18일

마빈 박사가 컴퓨터 바탕화면에서 눈을 뗐다. 왜행성 134340의 하트 무늬에 겹친 베티 할머니의 장난기 어린 얼굴이 사라졌다.

몇 년 전, 지구연합은 대규모 개발 계획을 발표했다. 지구에 남아 있는 묘지를 2066년까지 전부 없앤다는 내용이었다. 잉글랜드 외곽에 있는 베티 할머니의 묘도 예외는 아니었다. 마빈 박사는 아무도 찾지 않던 베티 할머니의 묘를 찾아내 유골을 화장했다.

마빈 박사가 플루토호를 발사한 오늘은 아홉 번째 행성이 발견된 날이기도 했다. 바로 베티 할머니가 플루토를 처음 만난 날이었다.

지난 2015년, 탐사선 뉴허라이즌스호는 플루토 표면으로부터 약 1만 킬로미터 거리까지 접근하는 데 그쳤었다. 마빈 박사는 플루토호가 플루토에 무사히 착륙하기를 바랐다.

안경 쓴 연구원이 자신이 보던 영상을 본부 화면에 띄웠다. 개인 콘텐츠 제작자가 만든 영상인 듯했다. 화면에는 다양한 인종의 사람들이 모여 있었다.

머리를 묶은 남자가 눈물을 글썽였다.

"마빈 박사님이 어머니의 추모관을 마련해 주셨어요."

스웨터를 입은 여자가 맞장구쳤다.

"맞아요. 가엾은 우리 아들도 플루토호에 실어 주셨어요."

콘텐츠 제작자가 또박또박 말했다.

"지구가 오염돼서 사람이 살 수 있는 공간이 확 줄었잖아요. 무덤은커녕 유골함을 보관하는 추모관조차 없애고 있습니다. 부자들이야 다른 행성에 추모관도 만들고 여행 삼아 인사도 간다지만 나머지 사람들은 어쩌라는 거죠? 가뜩이나 좁은 집에 유골과 함께 사는 사람도 있어요. 심지어 부모님의 유골을 쓰레기봉투에 넣어 버리는 사람도 있다고요.

대규모 개발 계획에 따라 올해 내로 공동묘지를 전부 없애고 그 자리에 유희 시설이 들어섭니다. 지구연합이 내건 슬로건이 뭔지 아세요? '죽은 자에게 죽음을, 산 자에게 삶을.'이라고요. 유희 시설이라니, 살려는 자의 삶터가 아니라 잘사는 자의 놀이터라니까요.

기자들은 마빈 박사가 돈벌이한다지만 제 생각은 달라요. 플루토호의 내부는 칠성급 호텔이 아니거든요. 우주선 자체를 일종의 추모관 운송선으로 꾸몄다고요. 순전히 유골함만 싣고 가서 플루토에 내려놓는답니다. 백번 양보해서 호텔처럼 꾸몄다고 쳐요. 솔직히 돈깨나 있다는 사람들이 수, 금, 지, 화, 목, 토, 천, 해를 놔두고 굳이 이름도 없는 왜행성 134340으로 우주여행을 가겠냐고요!"

콘텐츠 제작자가 카메라에 얼굴을 들이댔다.

"진짜 소름 돋는 게 뭔지 아세요? 플루토라는 신은, 죽은 자의 영혼이 사는 명계를 다스리는 지배자예요. 애초에 플루토라는 별은, 산 자의 우주여행지보다는 죽은 자의 영혼이 머물기에 딱 좋은 곳이라는 거죠."

콘텐츠 제작자가 소름 돋은 팔뚝을 손바닥으로 문질렀다.

영상은 이미 백만을 넘어 천만에 가까운 조회 수를 기록했다. 그제야 기자들이 벌떼처럼 달라붙어 앞다투어 보도하기 시작했다.

"왜행성 134340은 다른 행성들과 달리 억만장자를 위한 추모관이 아니라는 증언이 쏟아지고 있습니다. 플루토 우주 센터에서 추모관을 마련할 수 없는 이들을 위해 그 가족들의 유골함을 플루토호에 실은 것으로 보입니다. 항공우주 기업의 대변인이 마빈 박사의 제안을 기꺼이 받아들였다고 밝힌 가운데 플루토 우주 센터로 후원이 밀려든다는 훈훈한 소식을 함께 전했습니다."

마빈 박사가 서랍에서 빛바랜 종이를 꺼냈다. 언뜻 스콘 냄새가 풍기는 듯했다.

마빈에게

달라진 건 아무것도 없단다.

플루토가 인간에게 발견되기 전부터 거기에 있었듯.

지금도 그 자리에 그대로이듯.

각자의 별에서 빛나자.

친구 베티가

마빈 박사는 열세 살 때 기숙 학교로 진학했다. 후원자가 나타난 덕분이었다. 동네를 떠나면서 베티 할머니도 잊었다. 기숙 학교는 마음에 들었고 친구들과도 그럭저럭 잘 지냈다.

그러던 어느 날 후원자가 보낸 유품이 도착했다. 커다란 상자에 조그맣게 적힌 이름은 놀랍게도 베티 할머니였다. 허겁지겁 기숙사로 가서 상자를 풀었다. 할머니가 고이 간직해 온 천체 망원경과 편지가 들어 있었다.

마빈은 상자에 적힌 성과 이름을 인터넷으로 검색했다. 낯익은 사진이 떴다. 베티 할머니네 집 안으로 들어간 날 스크랩북에서 본 사진이었다. '플루토의 이름을 지은 열한 살'이라는 글귀가 눈에 들어왔다. 그날부터 옥상에 올라가 날마다 망원경을 들여다보았다. 할머니와 함께 만났던 별들과 이야기를 나누었다.

마빈 박사가 편지를 서랍에 넣었다. 베티 할머니와의 만남이 하룻밤 꿈 같았다.

뉴스 영상이 꺼지고 발사 지휘 통제본부 화면에 플루토호가 나타났다. 저마다의 사연을 간직한 유골들을 태우고 죽은 자들의 안식처인 플루토로 향하고 있었다.

박사는 베티 할머니의 영혼이 플루토에 있을 거라 믿었다. 유골이 도착하는 때 할머니는 비로소 플루토를 구석구석 둘러볼 터였다.

열한 살 베티가 웃었다.

"안녕, 플루토!"

플루토가 반가이 대답했다.

"보고 싶었어, 베티!"

베티의 발길이 닿는 곳마다 얼음이 녹고 따듯한 발자국이 찍혔다.

김해낭

플루토가 행성의 지위를 박탈당하고 왜행성 134340이 된 사실을 뒤늦게야 알았어요. 이름을 빼앗긴 사실조차 모른 채 자전과 공전을 하던 때였으니까요. 그때는 몰랐지만 지금은 알아요. 달라진 건 아무것도 없다는 것을요. 그저 제자리를 지켰다는 것을, 여전히 같은 자리에서 빛날 거란 것도요. 그 자체로 완전한 행성이라는 사실을요.

작품 해설

발견하는 눈, SF

문학은 '발견'이다. 발견이라는 단어의 핵심은 대상이 이미 존재하고 있었다는 사실에서 비롯한다. 그러니까 이미 있었지만 인지되지 않았던 것을 새롭게 감지하는 것이 발견인데, 이는 문학이 오랫동안 담당해 온 일이기도 하다. 문학은 우리 주변에 늘 있지만 우리가 보지 못했던 것, 혹은 보지 않았던 것을 새롭게, 자세히 들여다본다. 이를테면 문학은 꽃이 피는 순간을 포착한다. 세상만사에 쫓겨 만개한 꽃을 무감한 눈으로 스쳐 지나가는 우리에게 문학은 봉오리 앞에 오래 쪼그리고 앉은 이만 볼 수 있는 개화의 순간을, 만개와 낙화로 이어지는 꽃이라는 우주를 경이로 보여 준다.

제11회 한낙원과학소설상 작품집에는 총 네 명의 작가가 쓴 다섯 편의 작품이 실려 있다. 각기 다른 작가의 다른 이야기가 공교롭게 다양한 발견의 순간을 포착한다는 사실은 어린이청소년SF로 한낙원과학소설상이 걸어왔던 길과 지금의 자리, 앞으로 걸어갈 길을 보여 주는 것 같아 새삼 의미심장하다.

대상 수상작 「아가미에 손을 넣으면」은 케토라 행성에 불시착한 지구인 유나를 만난 케토라 행성인 '나'의 이야기다. 외계 생명체와의 만남은 SF에서 비교적 많이 다루는 소재로, 보통 지구인이 만난 외계 생명체를 이야기한다. 영화 〈에일리언〉으로 대표되는, 지구인이 바라본 외계 생명체는 공포와 혐오를 상징한다. 알 수 없는 타자를 두려움으로 포착하는 방식은 날카로운 이빨도 힘센 앞발도 두터운 가죽도 없는 인간이 생존을 위해 오랜 시간 자신의 유전자에 새긴 생존 방식이기도 하다. 문제는 인류가 벌거벗은 원시 상태를 넘어 소위 '만물의 영장'이 되고 마침내 '인류세' 시대를 열고 난 이후에도, 여전히 타자를 '관계의 그물' 속에서 바라보지 못한다는 사실이다.

「아가미에 손을 넣으면」은 인류의 오만과 배타성이 불러온 인류세 시대와 종말이라는 현재 우리의 자리를 염두에 두고 읽을 때 더욱 중요롭다. "지금 나는 유나를 위해 특별 설계된 공간에서, 물이 채워진 우주복을 입고 이 애의 생김새를 알아보려 애쓰고 있다." 소설은 케토라인이 본 적도, 알 수도 없는 외계 생명체인 지구인을 '알아보려 애쓰는' 장면에서 시작한다. 케토라인은 아가미 대신 코라는 것을 가진, 물 밖에서 사는 지구인과 소통하기 위해 다양한 노력을 한다. 타자와 소통하기 위한 노력은 닮은 게 하나도 없는 나와 유나의 접촉을 '감탄'과 '경이'로, 마침내 '아름다움'으로 포착한다. 외형도 삶의 방식도 언어도 다른 두 존재의 만남이 두려움과 공포가 아닌, "감격 어린 환호"가 될 수 있다는 사실을 담담하게 보여 주는 것만으로도 이 소설의 가치와 의미는 충분하다.

「나란한 두 그림자」는 저승에서 돌아온 사람들을 이야기한다. 죽은 사람들이 갑자기 현실로 귀환한다는 설정은 외계인과 접촉하는 일만큼 낯선 일이다. 핵심은 이 낯섦을 대하는 사람들의 방식이다. 사람들은 이 상황을 '이상 현상'으로 정의하고 정부 기관은 다양한 방식으로 이들을 조사한다. 쉽게 파악할 수 없는 대상은 살아 있음에도 '유령'으로 불리고, 이들을 보호한다는 명분으로 '유령보호소'가 만들어진다. 환향녀나 게토를 떠올리게 하는 이 모습은 무지가 어떻게 두려움과 공포로 전화하는지, 갈피를 잡지 못한 무지가 어떻게 인류의 역사에 길이 남을 폭력으로 둔갑했는지를 짐작하게 한다. 이 모든 혼란 속에서도 주인공이 자신의 앎이 얼마나 편협하고 자기중심적이었는지를 깨닫고 변화를 다짐하는 결말은 믿음직하다.

「몽유」는 아직 돌봄을 받아야하는 청소년임에도 영케어러로 살아갈 수밖에 없는 한별이 이야기를 '로봇 몽유병'이라는 흥미로운 설정으로 풀어낸다. 한별의 삶은 소설 속 고장 난 세탁기 안의 세탁물과 다를 바 없다. 농담처럼 쓰러진 엄마가 3년째 식물인간으로 누워 있게 되면서 한별의 삶은 서서히 무너져 내린다. 여기에 암담한 자신과 달리 "창창한 미래"를 가진 것처럼 보이는 친구 세나의 정의감은 한별을 더 막다른 곳으로 몰아간다. 자신의 로봇 로로가 로봇 몽유병에 걸려, 엄마를 돌봐 주는 돌봄 로봇의 전원을 꺼 줬으면 하는 한별의 바람에 누가 쉽게 돌을 던질 수 있을까. 소설은 영케어러의 문제가 시대의 화두임을 다시 한번 확인시킨다. 다만 로봇을 고철로, 로봇과 함께하는 사람을 주인으로 명명하는 세부 묘사에 아쉬움이 남았다. 한별과 세나에게 각자의 로봇은 반려에 가까운 모습을 보이고, 소설 안에서도 "로봇은 가전제품을 넘어서 가족이나 친구, 혹은 또 다른 나"가 되었다고 말하고 있기 때문이다. 이 작품은 동물, 로봇, 외계 생명체 등 인간과 다른 주체를 어떤 눈으로 볼 것인지, 인간과 다른 주체를 어떻게 새롭게 발견해야 할 것인지 숙제를 남겼다.

「고백 시나리오」는 재미있는 연애 소동극이다. 로봇과 휴머노이드가 사람의 일을 대행하는 게 자연스러운 근미래. 주인공 나인은 남사친 정후를 남친으로 만들기 위해 오랜 시간 고민한 끝에 로봇 고백 대행 서비스를 이용하고, 고백에 성공한다. 하지만 고민을 받아들이는 순간의 정후를 직접 보지 못했다는 아쉬움과 자신에게 비어 있는 그날의 기억이 성가시게 발목을 잡아 불편하다. 여기에 예상하지 못했던 곳에서 사고가 터지면서 나인이 고백 대행 서비스를 이용했다는 사실을 정후가 알게 되어 버린다. 소설은 진심은 무엇인가, 나의 진심은 어떻게 상대에게 전달되는가, 하는 무거운 질문을 재미있게 던진다. 하지만 "진심은 통한다는 후기만 믿고 가장 중요한 걸 고백봇에게" 맡긴 자신의 행동을 후회하며 스스로 고백하기로 결심하는 결말은 읽기에 따라 결국 로봇으로 진심을 전한다는 것은 불가능하고, 로봇은 인간과 근원적으로 다른, 기능적인 존재라는 것을 확인하는 과정이기도 해 아쉬움이 남는다.
　「플루토」는 한때 태양계의 아홉 번째 행성이었던 명왕성(플루토)이 행성의 지위를 박탈당하고 왜행성 134340이라는 번호를 부여받기까지의 과정에 얽힌 사람들의 이야기이다. 소년 마빈은 이사 간 동네에서 "살짝 맛이 간" 혹은 "마귀할멈"이라고 불리는 옆집 할머니 베티와 친구가 된다. 스스로 "별에 미쳤"다고 말하는 베티와 친구가 되면서 마빈은 수많은 별과 별에 숨은 빛나는 이야기들을 알게 된다. 두 사람이 실제 교류한 시간은 유성처럼 짧게 끝나지만, 소설의 결말은 나이와 시간, 삶과 죽음의 경계를 넘어서는 우정의 모습을 보여 준다. "달라진 건 아무것도 없단다. 플루토가 인간에게 발견되기 전부터 거기에 있었듯. 지금도 그 자리에 그대로이듯. 각자의 별에서 빛나자." 베티의 편지는 늘 함께하지 않아도, 내가 원하는 모습이나 결말이 아니어도 우리는 친구일 수 있다는 사실을 보여 준다.

SF는 언제나 발견하는 눈이었다. 외계 생명체부터 행성(별), 우주에 이르기까지 SF는 가장 낯선 대상을 두려움을 넘어 아름다움으로 새롭게 발견했다. 무릇 타자에게 다가가는 방식은 항상 조심스럽고 섬세해야 한다. "아가미에 손을 살짝 넣는 것"처럼 어색하고 어려워도 내 방식이 아니라 상대의 방식으로 다가가는 태도, 타자의 '모든 것을 경이'로 발견하는 눈이 SF다(「아가미에 손을 넣으면」). 원래라는 말을 내려놓고, "내 멋대로 판단할 게 아니라 상대가 원하는 것이 무엇인지 물어보고 / 꼼꼼히, 그러나 천천히 배우"고자 하는 게 SF다(「나란한 두 그림자」). 타인에게만 허락된 듯한 "창창한 미래"

에 대한 막연한 적의를 넘어 상대의 눈 속에 담긴 나를 읽는 것(「몽유」), 상처받을 게 두려워도 "빙빙 에위가는 대행 대신 직행을 선택"하자고 마음먹는 게 SF다(「고백 시나리오」). "먼지보다 조금 더" 큰 아이를 "새로운 행성을 발견한 기분"으로 대하는 것(「플루토」), 알지 못하는 수많은 대상에서 적의 대신 가능성을 읽는 것이 SF다.

어느새 11회를 맞이한 한낙원과학소설상이 그동안 발견한 숱한 타자의 얼굴과 이름을 그려 본다. 서투르고 무지하다는 사실을 감추기 위해 상대를 내치는 대신, 타자의 이름을 정확하게 부르기 위해 서툴지만 애써 조심스레 내디딘 발자국들을, 작지만 소중한 목소리들을 떠올려 본다. 혼자 빨리 가기보다 함께 천천히 가는 쪽을 선택한 사람들의 숨결을 되짚어 본다. 그 모든 순간이, 작은 호흡이 모여 오늘 이 책에까지 도달했다. 우리는 서로에게 우주가 될 수 있다. 이 작은 온기가 나와 당신을, 우리의 아이들을 살게 할 것이다. 그것이 SF이고 문학임을 믿어 의심치 않는다.

송수연
(어린이청소년문학 평론가, 제11회 한낙원과학소설상 심사위원)

아가미에 손을 넣으면

2025년 6월 27일 1판 1쇄

지은이	김나은 박선혜 은숲 김해낭
편집	장슬기 윤설희 최경후
디자인	박다애
제작	박홍기
마케팅	김수진 이태린
홍보	조민희
인쇄	천일문화사
제책	J&D바인텍

펴낸이	강맑실
펴낸곳	(주)사계절출판사
등록	제406-2003-034호
주소	(우)10881 경기도 파주시 회동길 252
전화	031)955-8588, 8558
전송	마케팅부 031)955-8595 편집부 031)955-8596
홈페이지	www.sakyejul.net
전자우편	literature@sakyejul.com
트위터	twitter.com/sakyejul
인스타그램	instagram.com/sakyejul

값은 뒤표지에 적혀 있습니다. 잘못 만든 책은 구입하신 서점에서 바꾸어 드립니다.
사계절출판사는 성장의 의미를 생각합니다.
사계절출판사는 독자 여러분의 의견에 늘 귀 기울이고 있습니다.
이 책은 저작권법에 따라 보호받는 저작물이므로 무단 전재와 복제를 금합니다.

ISBN 979-11-6981-382-2 44810

ISBN 978-89-5828-473-4 (세트)